Fan
ファン文庫

大正陰陽師
屍鬼の少年と百年の復讐

著　三萩せんや

マイナビ出版

月下の帝都、森の中。

その美しい金色の鬼は、陰陽師《おんみょうじ》の青年に言った。

「俺に力を貸してくれ」

血を垂らしたように紅《あか》い瞳で見つめる鬼に、陰陽師は静かに尋ねる。

「あなた、分かってるんですか？　私、陰陽師なんですよ？」

「もちろん。だから頼んでるんだ」

鬼は、少年のあどけなさが残る顔に不敵な笑みを浮かべた。


これは、大正の帝都を舞台に、鬼の少年と陰陽師の青年が出会う物語。

もくじ

大正陰陽師

屍鬼の少年と百年の復讐

序章　帝都への旅立ち

陰陽師。

怪しげな呪術を操る者のこと……ではない。

陰陽師とは本来、陰陽寮という国の機関で働く〝役人〟を指す。

しかし、その陰陽寮は、この大正時代すでに廃止されている。

前の時代――つまり明治の初め頃、政府がお取り潰しにしたのだ。

西洋からの新しい風を国中に行き渡らせるために、旧態依然とした陰陽寮が不要だったのだという。当時の陰陽頭《おんみょうのかみ》が逝去した機に乗じて、その一年後に陰陽寮は解体。陰陽師の存在すら禁止する法律までできた。

つまり、陰陽寮だけでなく、陰陽師も消えたのだ。

……と、表向きは、そのようになっている。

物事には、陰と陽があるという。

陰陽師が扱う技術の大本である陰陽道では、そのように定義されている。

表があれば裏もあるということだ。それで世界は成り立っているのだそうな。


さて、先の話にも、表に対する裏がある。

少し前に明治から元号が変わり、大正と呼ばれる時代になった。陰陽寮が廃止され、陰陽師が禁止されてから、およそ五十年が経過している。

実はその間も、陰陽寮は変わらずにあり続けていた。

変わったところは、もちろんある。

まず所在地が変わった。

また、当然だが表の組織ではなくなった。

つまり、陰陽師たちも裏の存在になったということだ。役人として我が物顔で街中を歩き回ることができなくなったのである。

だが、逆に変わらないこともあった。

陰陽寮は、今でも裏側から国を動かしている。

そして、そこで働く陰陽師たちは、昔と変わらず怪しげな呪術を操っているのだ。

京都《きょうと》の二条離宮《にじょうりきゅう》の北側に、陰陽寮はある。

……正確に言えば、その場所の〝裏の世界〟に、だが。

明治になってすぐ、陰陽寮は時の政府によって解体された——ことになっている。そういうわけで、大正と元号を変えた現在においては、当然その組織ならびに組織の拠点が見えていては困るのだ。

だから表の世界では見えないように、陰陽寮はその地の異界——裏の世界に隠された。他でもない、陰陽師たちの手によって。

陰陽師たちは、この世界には表があり、同時に裏側があることをよく知っている。結界術を操り、空間を縮地術で移動する……そのような古《いにしえ》より受け継がれし陰陽術を力を合わせ遺憾なく発揮すれば、建物を敷地ごと異界へ隠すということも不可能ではなかった。


この異界へと隠された陰陽寮では、現在でもおよそ二十名の人間が働いている。

役職はそれぞれ与えられているが、中でも一番偉いのは陰陽頭。陰陽師の名門として長い歴史を有する一族・土御門《つちみかど》家の当主が歴任している。

現在の陰陽頭は、御年《おんとし》百を超える老爺《ろうや》だ。

だが、表の世界にはすでに存在しないことになっている人物でもある。天に召されて、息子に家督《かとく》を譲った……それが表における彼の歴史だった。他の陰陽師も同じように、みな戸籍上は死亡したことになっているか、元から戸籍が存在しない。

そのような捏造《ねつぞう》や誤魔化しも、陰陽寮を隠して存続させるために必要なのだ。

「しかし、隠しているからといって、いつまでも細々とやっていくつもりはない」

陰陽寮の中枢に当たる広間にて、白髪白髭《しらひげ》の陰陽頭はそう言った。

「だから、わしは考えた。帝都にも陰陽師を普及させ、ゆくゆくは陰陽寮を置きたい、と……そこで、まずは陰陽師を養成する学び舎《まなや》を作ろうと思ってだな。信用できる者に帝都へ行ってもらうことにしたのだ」

上段の間に座して語る陰陽頭の視線の先には、彼が呼びつけた陰陽師がひとり、控えている。

黒髪に真冬の湖のような色の瞳をした、見目のよい若い男である。

その若い陰陽師は、ふむ、と頷《うなず》き、

「そうですか、帝都に……で、どなたが行くのです？」

「お前に決まっているだろう、晴雪《はるゆき》。なぜわざわざ呼びつけたと思うのだ」

はて、と首を傾《かし》げた若い陰陽師――晴雪に、陰陽頭はぴしゃりと言った。

晴雪は再び頷きながら、

「なるほど、なるほど。私がですか…………なぜ？」

目を二度、三度と瞬《しばた》いたのち、固まった。

意味が分からなかったからだ。

「帝都にも陰陽寮を置きたいのだ」

「いえ、それはすでに聞きました。そうではなく」

「陰陽師の学び舎を――」

「それも聞きました」

「……では、なんだというのだ？」

「なぜ、私なのですか」

これでもかと顔をしかめて、晴雪は尋ねた。

この陰陽頭は、晴雪の親戚に当たり、育ての親のようなものでもある。それゆえ、このような顔をしても咎《とが》められることはない。

「そういうところだ」

「どういうところですか」

「わしに対して、あまりにも遠慮がない」

「ええと……それで、何か問題が？」

「大問題だ」

陰陽頭は疲れたように首を横に振った。

それから、じろり、と晴雪を睥睨《へいげい》し、低い声で不満げに言う。

「陰陽寮が表舞台から退かされたことで、他の陰陽師からただでさえ風当たりが強い。だというのに、このように血縁の者に幅を利かされては、なおのこと示しがつかぬ」

「幅を利かせているつもりはないのですが」

「あったら、もっと問題だ」

「はあ……」

「というわけで、帝都に陰陽師を養成する塾……いや、学校か……そうだな、陰陽師学校とでも言おうか。それを作る計画は、お前に一任することにしたのだ」

「なるほど。体のいい左遷《させん》でしたか」

「晴雪よ、そういうところだぞ」

上司の渋い顔を前に、まあ確かにいい態度ではないな……と晴雪も思った。

一介の陰陽師が、陰陽頭に好き勝手に言い返しているのである。親戚でなければ——いや、〝晴雪〟でなければあり得ないことだ。他の陰陽師からすると、贔屓《ひいき》されているようにも見えることだろう。

（実際、贔屓はしてもらっていますしね……）

自分の境遇を思い返し、晴雪はため息をついた。

己が願ったわけではないのだが、自身の境遇はかなり特殊で特別だ。甘やかされて育った自覚もある。かの土御門家の当主に失礼な物言いをしても許される身分だったのだ。

そして、晴雪自身、感謝もしている。

「……おじ上の頼みとあっては仕方ありませんね。参りましょう」

「分かってくれたか」

「物分かりはよいつもりです」

「そうだな。陰陽師としての腕もよい」

「お褒めの言葉は素直に受け取っておきます……では、ご支援のほうは頼みましたよ」

「もちろんだ。十分に用意する。任せよ」

「期待します。それで、いつ参れと」

「早ければ早いほうがよいだろう。準備ができ次第すぐに発《た》て」

「なるほど。準備ができなければ、いつまでも発たずともよいということで――」

「晴雪」

「冗談です。すぐに参りますよ……では」

陰陽頭のこめかみが引きつったのを見て、晴雪はそそくさと広間から下がった。話の終わりになってまで雷を落とされてはかなわない。

建物の外に出た瞬間、晴雪は思わず「はあ」とため息をついた。

「面倒なことになってしまった……」

まったく予感がなかったわけではない。

晴雪は勘がいいほうだし、虫の知らせのようなものもあった。少し前に己の今後について占ってもいたが、その結果からも心の準備はできていたつもりだった。

しかし、いざそれを言い渡されるとなると別だ。途端に気が重い。

「……とはいえ、拒否できるはずもないのですが」

己に言い聞かせるように独り言《ひとご》ちて、晴雪は歩き出した。

所詮、怪しげな呪術が使えたとて陰陽師は役人である。そしてそれが世間的には秘密裏の存在であっても、そこに所属している以上、上の命令には逆らえないのだ。

延々と悩んでいたい気もしたが、着の身着のまま陰陽寮から放り出されたくはない。
……ひとまず帝都に向かうための旅支度をしよう、と晴雪は思った。

第一章　夜叉との邂逅

陰陽頭から帝都行きを拝命して、翌日。

「ずいぶんと騒がしい土地ですね……」

初めて訪れた帝都で、晴雪が最初に口にした言葉がそれだった。

晴雪が陰陽寮から〝縮地術〟で移動した先は、帝都の東京《とうきょう》駅だった。

陰陽師の扱う術のひとつ・縮地術は、空間を縮めるようにして物理的な距離を飛び越える術だ。京都の陰陽寮から帝都までの長距離も、術式を増幅する結界と併用すれば移動が可能である。

建造されたばかりの東京駅の駅舎には、陰陽師がこの結界の仕掛けを施していた。

煉瓦《れんが》造りの三階建ての東京駅駅舎には南北にドームがあり、それぞれ乗車口と降車口になっている。晴雪が立っていたのは、降車口である北ドームだった。

そこから見る景色には、とにかく人が多い。

和装の者と洋装の者とが入り乱れ、ひっきりなしに通りを行き交っている。国内ではまだ珍しい車も駅舎前には集まっていた。晴雪も見るのは初めてだ。

そんな光景から出た感想が、先の「騒がしい土地」だった。

静かで落ち着いた陰陽寮に引き籠もっていた晴雪には、とても新鮮な光景だ。

その帝都の街に立つ晴雪自身も、新鮮な姿をしている。

(うーん……まだしっくりきませんね……)

晴雪は、己の服装を改めて確認する。

陰陽寮にいた頃は主に狩衣《かりぎぬ》を着ていたが、今は簡素な長着に袴《はかま》……そして、その上からコートを羽織り、ハンチング帽を被《かぶ》っている。いわゆる書生のような服装だった。晴雪にとってこのような服をまとうのも初めてのことで、この帝都の街並み同様、どこか落ち着かない。

晴雪は、頭に載せていた帽子を目深に被り直した。

周囲の視線が自分に向いていないか、さり気なく確かめる。

今のところ問題なく紛れられているようだ。人が多いことも幸いして、晴雪に気を留める者はいない。

「……と、待たせてはまずいですね」

立ち止まっていた晴雪は、再び歩みを進めた。

晴雪がこれから向かうのは、今後、帝都で生活する上での拠点である。

陰陽頭の私情も交ざりつつの命とはいえ、陰陽寮の仕事である。野宿を強いられることはないし、宿の長期滞在というのも悪目立ちするので推奨されていない。陰陽師は裏の存在であり、極力、目立つことは避けたいのだ。そこで、きちんと拠点も用意されているのだった。

東京駅に漏れず、帝都はどこも活気に溢《あふ》れていた。

人が多い。子どもたちの姿がどこにでもある。元気な声が飛び交い、笑顔が行き交っている。戦時の好況のおかげだろう。参戦しながらも戦地から遠いこの国では、国外への輸出が急増。その結果、空前の好景気となっているのだ。

加えて、帝都は明治維新より前に京都御所の周辺にあった公家《くげ》たちが帝《みかど》と共に移り住んだ地でもある。かつて京都が独り占めしていた華やかさも、ここに集まってきているようだ。

だが、集まってきているのは、よいものだけではないらしい。

（人が集えば、念も集う。念が集えば、霊が集う……なるほど。おじ上が陰陽師を置きたがるわけですね。この地の様子をよく知りたいところですが――）

晴雪は路地の奥を見て、その目をすっと細めた。

陽《ひ》の当たる生気に満ちた通りとは対照的に、薄暗い路地には霊がたむろしている。それらは波間に漂う海月《くらげ》のように、ゆらゆら揺れながら表の通りを覗《のぞ》き見ていた。

光が強ければ影も濃くなる。

そして、この帝都は強い光のようなものだ。

(――光に対して、少々、影が濃すぎるような)

晴雪は立ち止まり、周囲を見回した。

街全体に違和感を覚える。

その原因には、何となく見当がついていた。だが、詳しく探るとなると、少し骨が折れそうだ。

「……追々、ですね」

帝の住まう宮城《きゅうじょう》を横目に、晴雪は目的地を目指して歩いてゆく。

向かったのは、宮城の南。京都から帝都へと移り住んだ公家――華族の邸宅が立ち並ぶ一角だった。

かつて大名屋敷が置かれていた跡地に建てられた英国風の洋館は、土御門家とも縁のある加藤《かとう》子爵の邸宅である。

加藤邸を訪問した晴雪は、その客間で主《あるじ》である子爵と対面した。

「ようこそお越しくださいました」

卓子を挟んで座り、そう晴雪に挨拶をした子爵は、壮年の男性だ。

しっかりしたお人のようだ、と晴雪は感じた。

晴雪の訪問は、特段、子爵が気を遣うようなものではない。だというのに子爵は、外出の用でもあるかのように、仕立てのよい洋装のスーツを身にまとっていた。

穏やかな人柄が滲《にじ》むような品のよい顔に微笑《ほほえ》みを浮かべて、子爵は晴雪に話しかけた。

「お話は伺っています。確か〝安倍《あべ》〟様と仰《おっしゃ》いましたか」

「ええ。安倍晴雪と申します。このたびは私めのためにわざわざ居室を用意していただいたようで、まことに恐れ入ります」

「いやいや、お気になさらず。我が家は代々、陰陽寮の世話になっていますからね」

子爵はにこりと微笑む。

彼は陰陽師と陰陽寮が現存していることを知った上で、今回、晴雪を邸宅に受け入れてくれたのだ。

「ところで、土御門家のかたと伺っておりましたが……お名前を伺うに、まさか安倍晴明《あべのせいめい》とゆかりが？」

子爵が、密談でもするように声を潜めた。

安倍晴明は、平安時代の陰陽師だ。『今昔物語集《こんじゃくものがたりしゅう》』や『宇治拾遺物語《うじしゅういものがたり》』といった説話集に逸話が取り上げられている他、浄瑠璃《じょうるり》などにも登場するため広く名が知られている。〝陰陽師らしい〟その神秘的な伝説の多さから、今では神社でも祀《まつ》られているほどの有名人だ。

安倍晴明は、土御門家の祖である。

〝土御門〟は、平安京の東の地名に由来する姓だ。安倍家が朝廷で存在感を増した結果、この姓に改められたのである。

そして、晴明の嫡流《ちゃくりゅう》で〝安倍〟の家名を持つ陰陽師は、もういない。

それを知ってか知らずか尋ねた子爵に、晴雪は苦笑いを浮かべながら答えた。

「安倍の姓は、便宜的に名乗っているものなのです。土御門家の名では、陰陽師として目立ってしまいますから。今の時代は、安倍の名のほうが紛れられるというものです」

「なるほど。我が家を拠点にするのと同じですね」

納得した様子の子爵に、晴雪は「仰るとおりで」と頷いた。

晴雪の本来の姓は、土御門だ。

この時代、土御門家も華族である。陰陽頭の息子に当たる表世界での現当主は、この帝都に邸宅を有して暮らしていた。

しかし、珍しい姓で、陰陽師と縁が深いことで有名な土御門家である。

国から廃止されたはずの陰陽寮と、すでに存在しないはずの陰陽師……その影がちらつくなど決してあってはならない。そのため、今回の任務では、そちらを頼ることができなかった。

「土御門子爵の邸宅は、滝野川《たきのがわ》にありましたな。ここからは距離もありますゆえ、繋《つな》がりを疑われることはまずないでしょう」

「そうだとよいのですが」

曖昧に微笑んだ晴雪に、子爵は「大丈夫ですよ」と笑った。

しかし、その笑顔がわずかに曇る。

「子爵。何か懸念でもございますか？」

晴雪が尋ねると、子爵は「実は、少々」と申し訳なさそうに答えた。

「使っていただく居室は離れになるのですが、その……使用人たちの中で、幽霊を見たという噂《うわさ》がございまして」

「幽霊、ですか」

「ええ。人があまり寄りつかぬ場所ですので、風に揺れた木の影でも見間違えたのではと思うのですが……一応、お伝えしておくべきかと思いましてね」

「なるほど。ご配慮、痛み入ります。ですが、もし本当に幽霊が出るようでしたらご安心ください。本職ですので」

「ああ、そう言っていただけてよかった！　そちらの居室は、ご自由にお使いください。さっそく案内させましょう」

「ありがとうございます。お世話になります」

客室から使用人に案内されて、晴雪は邸宅の外に出た。

庭園の中に続く石畳の道の先に、邸宅と比べればこぢんまりとした和館があった。そこが晴雪に貸し与えられた居室だ。竹藪《たけやぶ》が屏風《びょうぶ》のようになって、周囲からその場所を隠している。

中に入ると、まるで茶室のようだった。

畳張りの部屋が二部屋あるほか、生活に必要な設備は揃《そろ》っているようだ。だが、

「……鬼門《きもん》ですか」

案内してくれた使用人が去ったあと、晴雪は部屋を見渡してぽつんと呟《つぶや》いた。

この離れ、加藤邸の鬼門に当たる北東に位置していた。

子爵は特に気にしていなかったのかもしれないが、陰陽師にとって、凶の方位である鬼門はやはり気になるところである。よくないことが起きる可能性がちらついてしまう、不安定な方位だからだ。幽霊の噂が出たのも、使用人たちが言い得ぬ不安を感じたからだろう。

しかし、実際に幽霊が出ているような気配はない。

鬼門である以外は、文句のつけようがない部屋だった。

「十分な広さ、程よい設備や調度品、よく整えられた清潔感溢れる空間。陰陽寮の部屋と同じく和室なのもありがたい。畳のよい香りもします……が。このままでは、あまりよくはありませんね」

晴雪は鞄《かばん》を床に置き、その口を開いた。

陰陽寮から持ってきた道具の中から、筆、硯《すずり》、墨、紙といった書道具を取り出す。

それらを壁際に置かれた文机に並べると、晴雪は呪符を作り始めた。

鬼門に位置するこの部屋を安全な居室にする。そのための結界を作り出す〝鬼門除《よ》け〟の呪符だ。

作った呪符を、晴雪は部屋の天井の四方、東西南北に貼り付けてゆく。
それから部屋の中央に立ち、手で印を結びながら呪文を詠唱する。
「元柱固真《げんちゅうこしん》　八隅八気《はちぐうはっき》　五陽五神《ごようごしん》　陽道二衝厳神《ようどうにしょうげんしん》
害気を攘払《じょうふつ》し　四柱神を鎮護し
五神開衢《ごしんかいく》　悪気を逐《はら》い　奇動霊光《きどうれいこう》　四隅に衝徹し
元柱固真　安鎮を得んことを　謹みて五陽霊神に願い奉る」
災禍跋除《ばつじょ》の呪文に呼応して、呪符の文字がきらめくように光った。
室内の空気が澄んでいる。術はきちんと発動しているようだ。
それを確かめて、晴雪は満足げに頷く。
「……ふむ。これならよいでしょう」
竹藪にも鬼門除けの効果はあるが、これで万全だろう。
こうして、加藤邸の離れを拠点にした、晴雪の帝都での暮らしが始まったのだった。

帝都に陰陽師を普及する。そして、ゆくゆくは陰陽師学校を設立する。

陰陽頭はそのような構想を晴雪に話していた。が、

「具体的なことは何も決まっていないんですよね……」

加藤邸離れの部屋の中で荷解《にほど》きをしたあと、座敷に座って一息ついた晴雪は「うーん」と眉間に皺《しわ》を寄せて唸《うな》った。

陰陽頭には「お前の好きなようにやりなさい」と言われた。

好きなようにしていいなら何もしませんが……という思考を晴雪は捨て去るように首を振る。それは、さすがにまずい。それに、おじである陰陽頭には恩義もある。この辺りで恩を返しておくのも、悪くはないように思う。

「……まずは、この地について知ることから始めましょうか」

少し考えて、晴雪はそう呟いた。

晴雪はこの帝都という土地について無知だ。

だが、無知なままでは事を為《な》すことも難しい。

先ほど東京駅からこの屋敷まで帝都の街並みを眺めながら歩いてきたが、霊的な存在には事欠かない土地らしいことは分かった。

……そして、それらが悪さをしないとも限らない。

そうなった時、陰陽師はそれに対処しなければならない。

この部屋に鬼門除けを施せたように、どこが危うい場所かを知っていれば、避けようがある。逆に地の利を知れば、活《い》かすこともできる。それが後の明暗を分けることもあるのだ。

加えて、学校を作るのであれば、どこに作るかということも問題だった。

(面倒ではありますが、後のことを考えれば先に済ませておくべきでしょうね)

そう考えて、晴雪は重たい腰を上げた。

懐に最低限の荷物を入れて離れを出ると、そのまま加藤邸の門から外へ……そうして帝都散策へと向かった。

とはいえ、帝都は広い。ひとりで歩き回るにも限度がある。

晴雪の生活の拠点である加藤邸は、宮城のある麴町《こうじまち》からほど近くにあった。

宮城は、この国の要だ。

当然、帝都の中でも、より重要な土地である。

どこよりも優先すべきと考えた晴雪は、まずその周辺を見て回ることにした。

「桜田濠《さくらだぼり》、凱旋濠《がいせんぼり》、日比谷濠《ひびやぼり》……なるほど。これは見事です」

宮城への入り口のひとつである桜田門の手前から見遣《みや》って、晴雪は思わずそう呟いた。

宮城の周りには、ぐるりと囲うように張り巡らされたお濠がある。

かつて、ここには江戸城があった。その頃に造られたこのお濠は、陰陽師から見れば立派な結界でもあった。晴雪の口から零《こぼ》れた称賛の言葉は、そのような結界としてのお濠に向けられたものだ。

そもそも、江戸の町自体が結界を生み出すように造られていた。

要の城を龍脈の真上に建て、螺旋《らせん》を描くようにお濠を掘りつつ町を広げ、鬼門は寺社で封じ、地霊を祀る……そうして造られたのが江戸であり、この帝都なのだ。

「立派な呪術なんですよねえ」

天守閣跡を臨むお濠を前に感心しながら、晴雪は懐から地図を取り出した。

陰陽寮が加藤子爵に頼んで、あらかじめ用意しておいてもらったものだ。広げたそれをしげしげと眺めて、晴雪は深々と感嘆のため息を漏らした。

「しかしこれ……果たして、人の業だったのか」

この地を鎮護する都市計画には、とある僧侶が関わっていたという。

だが、目の前の結界の造りは、実に陰陽師らしい仕事だ。

そもそも土地選びからして、京都・平安京と同じ判断基準で選ばれているようだった。

「――さて。それはともかく、どこがよいでしょうね」

晴雪は地図を眺めながら、懐から地図とは別に紙の御札《おふだ》を取り出した。

「我が翼となれ。急急如律令《きゅうきゅうりょにつりょう》」

呪文を唱えて、ピッ、とその御札を空に放つ。

するとそれが内側に裏返るようにして翻り、翼を広げた白い隼《ハヤブサ》に姿を変えた。

式神《しきがみ》である。

紙で作った形代の御札——式札に、術者の念を込めて生み出す使役霊だ。

陰陽師の間では、特に鳥の姿をしたものが好んで使われていた。鳥の姿形は術者により様々だが、おおむね空を飛んで移動できることから伝令役に適している。さらに、その目を借りれば、術者は高所からの光景を見ることが可能となる。

晴雪も上空から帝都を見るために、式神の目を借りることにした。

探すのは、陰陽師学校を作るための場所だ。

宮城の堅牢《けんろう》な結界を前に、晴雪はその候補地を思案する。

(この宮城ほどではないものの、帝都そのものが強い力に護《まも》られてはいる。とはいえ霊はうろついていた……帝都の外も視野に入れつつ、風水的に見て好立地な場所を選んだほうがいいでしょうね)

帝都の結界は、実に巧妙なものだ。

しかし範囲が広すぎるため、お濠の内側のように霊を弾《はじ》き切れていない。霊たちは路地のような陰の気が溜《た》まる場所に集まり、息を潜めている。

陽の気も、陰の気も、帝都の中心部であればあるほど強いようだ。

そして、それらの気は、強ければいいというわけではない。双方の塩梅《あんばい》が大事なのだ。

大地を流れる気の通り道である龍脈や、龍脈からの気が吹き出す地点である龍穴、方位の神に護られた四神《しじん》相応と呼ばれる地勢や地相。そういう場所は運気もよく、力を得られやすい。学校も、当然そういう場所に作ったほうが発展する。

(よさそうな場所は……ここ……それから、ここ……)

龍脈の流れや龍穴がある土地は、式神の目を借りればうっすらと光って見える。晴雪はそれと地図を照らし合わせ、いくつかの土地に目星をつけた。

すべて回るには時がかかるだろう。

だが、その地の気がよいものかどうかは、直接赴いて確かめる必要があった。

「……仕方ない。行ってみましょうか」

晴雪は地図を懐にしまい直し、お濠を背に歩き出した。

陰陽師学校を建てる上で、土地の有無はさして問題にはならない。

帝の住まう宮城ほどの重要な場所となると警護上さすがに無理だが、他の場所ならば、陰陽寮と同じく裏世界を利用できるからだ。

晴雪は選び出した場所のうち、まずは神社仏閣を中心に当たってみることにした。


数日かけて、晴雪は目星をつけた神社仏閣に赴き、その土地の気を見て回った。

おかげで帝都を歩くことにも慣れてきた。

やって来た当初こそ新しい環境に目が回りそうだったが、数日も経《た》てば落ち着いて認識できるようにもなるというものだ。

とはいえ、京都との違いが、晴雪にはさほど分からずにいる。

帝都と京都が、差異が感じられないほどに似ているということではない。

京都にいた頃、晴雪は仕事で外出する以外では、陰陽寮に引き籠もる生活を余儀なくされていた。そのため街を歩き回るということ自体が、新しい環境そのものだったのだ。

しかし、そんな晴雪でも帝都には『新しい』と感じる景色がある。

(まだ慣れませんね……)

晴雪はひとり、そわそわしていた。

カフェーの席で、ちょうど食事の注文を終えたところである。

ここは、帝都の中でもとりわけモダンなものやハイカラな人々が集まる地区・京橋《きょうばし》にあるカフェーのひとつだ。

カフェーは、食事も酒も供される喫茶店で、明治時代、西洋の珈琲茶館《コーヒー》に倣って上野《うえの》の地に造られたのが最初らしい。けれど、それもすでに二十年以上も前の話だ。現在では、帝都にいくつものカフェーが立ち並ぶようになっている。

さて。なぜ晴雪がここにいるかというと、食事をとるために他ならない。

基本的に晴雪は毎食、加藤邸で用意してもらっている。だが、外出している時に腹が減ったからと逐一邸宅に戻っていては、時も体力もかかりすぎる。

そこで晴雪は、外出時には飲食店で食事を済ませることにしたのだ。

今日はシチュウとやらを頼んでみた。初めて食べるものだ。

昨日もここでライスカレーとやらを初めて食べたのだが、舌にまるで覚えがない刺激的な味だった。馴染《なじ》みがないからか、あまり美味《うま》いとは思えない。

そもそも晴雪は洋食を口にすること自体が初めてだ。これまでは日本料理しか食べたことがなかったのだが、せっかくの帝都左遷である。開き直って満喫することにした。

ちなみに、飲食代は陰陽寮に請求するつもりだ。

しばらく待っていると、女性の接客係によってシチュウが運ばれてきた。

（匙《さじ》で食事をとるのも、まだ慣れないんですよね……）

儀式や薬剤の調合等に使うことはあっても、食事はこれまで箸で行うのが普通だった。

そんなことを考えながら、晴雪は金属製のスプーンを握る。

鶏肉《とりにく》と芋や豆といった野菜を煮込んだ、とろみのある汁物は、ライスカレーよりはまだ舌に馴染む。どこか優しい味がする、気がする。

「なあ、昨晩また金色夜叉《こんじきやしゃ》が出たんだと」

すぐ近くから男の声がした。

隣の席に座った男だ。しかし、晴雪に話しかけているわけではない。

一緒の席に座った連れ合いに話すその声が、シチュウに舌鼓を打つ晴雪の耳にも届いているだけだ。答えるもうひとりの男の声は、わずかに怯《おび》えた様子だった。

「またか……今度はどこに？」

「帝國《ていこく》ホテルの脇の高架下から、日比谷濠にかかる山下橋《やましたばし》があったろう。あそこから、濠をひとっ飛びする金色の髪が見えたらしい」

「葡人《ぽじん》じゃないのか？　確か、その辺りに公使館があったと思うが」

「葡人は黒髪のやつしかいないのではなかったか？　それに濠に飛び込んだわけではなく、飛び越えたのだぞ。いくら異人とて、そんなこと人にできるか」

「見間違いではないのか？」

「見間違うなら、まず髪の色なんて噂にならんだろう。それに、濠を飛び越えるなど見間違えられるものか」

「なるほど。それもそうだな……しかし金色夜叉というからには、尾崎《おざき》の小説のようにやはり金を奪われるのだろうか」

「俺は読んでいないいんだが、鬼が金を奪う話なのか？」

「たとえだよ。主人公は高利貸しを生業《なりわい》にしている男だが、本当に鬼というわけではない。人間の話だ」

「噂になっている金色夜叉は、人を喰《く》う鬼だという話だぞ」

「人を喰う……」

「まあ、真実は分からん。襲われた本人からの話というのは、とんと聞かんからな。耳にするのは、出どころも真偽も不明な噂話だけだ」

「それは……まさか、襲われた本人は喰われているから、とか……？」

「本当に鬼なら、あるかもしれんな。というか、俺たちはここに飯を食いに来たんだ。お前は何を食う？　俺はビフテキにする」

「ここで肉を選ぶのか。洋食の肉は黒くて硬くて苦手なんだよな、一きれ二きれしか食えたもんじゃない。俺の飯は、そうだな……──」

男たちの世間話は、そこで一旦途切れた。料理の注文をすることにしたらしい。

(金色夜叉……金色の髪の人喰い鬼、か)

シチュウを口に運びながら、晴雪は考えていた。

鬼。

怨霊《おんりょう》が転じて成りしもの。

陰陽師とは切っても切れぬ存在だ。陰陽師は悪鬼や悪霊を調伏することを生業として
いるし、同時に己の力として利用することもある。

だが、たいていの市井の人々には、霊や鬼の類《たぐい》は見えない。

隣の席の男たちに、鬼を視《み》る力なども特になさそうだ。相手に霊力があるかないか、
晴雪にはそれが匂いで分かる。

(本当に鬼だとして。彼らにも見えているということは、相当な力のある鬼ということ。

あるいは〝生成《なまな》り〟の類か……)

鬼には、二通りの成りかたが存在する。

ひとつは、怨霊が力を得て肉体を生み出し鬼に転じるもの。

もうひとつは、怨霊が人に取り憑《つ》き、その肉体を鬼に転じさせるもの。

生成りというのは後者だ。鬼に近づくにつれて、般若《はんにゃ》、真蛇などというように呼ばれる。これらは怨霊の器になる肉体が元々あるため、霊力のない人間でもその姿を見ることができるのだ。

（……いずれにせよ、放っておくわけにもいきませんか）

晴雪は小さくため息をつく。

帝都に陰陽師学校を設立するのは、帝都の霊的な護りを強めるためだ。現時点で脅威があるならば、排除せねばならない。

……それに、気になる噂は他にもあった。

食事を済ませた晴雪は、卓上に新聞を広げた。

ここに来る道すがら、新聞売りから入手してきたものである。帝都についての貴重な情報源だ。

捲《めく》ってみると、世界大戦の戦況についての記事が目立つ。

だが、晴雪はそれらの記事には目もくれず『帝都』の文字を探した。

今必要なのは、この土地に関する話題だ。

それも、〝怪異〟についての。

（あった……『帝都に百鬼夜行《ひゃっきやこう》　天変地異の前触れか』）

ここ数日、晴雪は神社仏閣の気を見て回っていた際に、実はとある寺の住職から噂を聞いていた。近頃の帝都に怪異が現れているらしい、と。

それが、百鬼夜行だった。

百鬼夜行というのは、神霊が零落した存在——いわゆる怨霊や妖怪といった類の存在が寄り集まり、群れとなって行進していく現象のことだ。

(結界の中には、現れないはずなんですけどね)

帝都は結界に護られているはずの場所。小さな霊を弾き切れずとも、百鬼夜行のような大規模な怪異は防いで然《しか》るべき土地である。

実際、ほころびのない完全な結界の中では、百鬼夜行は散り散りになり、怪異として維持ができないのだ。

つまり、帝都の結界は今、完全ではない。ほころびがあるのだ。

晴雪が帝都にやって来た時、覚えた違和感の原因である。

「……やれやれ。やはり、骨が折れそうです」

新聞を畳んだ晴雪は、カフェーを出る。

ひとまず、先ほど男たちが話していた山下橋へと向かうことにした。

山下橋は、東京市街高架線と呼ばれる煉瓦造りのアーチ橋の下から、日比谷濠の上を跨《また》ぐように架かった小さな橋だ。少し北東には、より大きく人通りも多い数寄屋橋《すきやばし》が、同じように濠の上に架かっている。

橋下のお濠を見下ろして、晴雪は「ふむ」と微《かす》かに唸った。

「無理、ですね」

人間が飛び降りられるか考えて、晴雪は即座にそう判断した。

濠の幅は、三十間ほどだろうか。ちなみに一間は、晴雪の背丈よりわずかに長い。到底、人間が飛び越えられる幅ではない。

周囲で高架線より高い建物は帝國ホテルくらいで、お濠の上は見晴らしもいい。人間と動物の類を見間違えるようなこともなさそうだ。

晴雪は風の匂いを嗅ぐように、すん、と鼻を鳴らした。

(間違いない。強い霊力の痕跡がある。しかし、一晩経ってこの残り香とは……)

鬼かどうかははっきりしないが、人ではない〝何か〟がいたとしか考えられない。

晴雪は、周囲に霊力の痕跡がないか捜す。

(ここから見て、濠を飛んだのが見えたということは……)

高架の上に飛んだか、橋の先に飛んだか。

それが分かれば、〝何か〟が向かった方角が分かる。

「……ああ、あった。こちらですね」

高架を背にして橋を渡った先で、晴雪はひとつ足跡を見つけた。

ただの足跡ではないことは、そこに留《とど》まった霊力が残り香となって示している。

そして、方角が分かれば、あとはそれを追っていけばいい。

他にも残された足跡を捜しながら、晴雪は〝何か〟が向かったほうへと歩いていった。

足跡は飛び飛びに、山下橋から南西へと続いている。東京駅から浜松町《はままつちょう》へと向かう途中にある烏森《からすもり》駅を横目に、加藤子爵の邸宅もある芝区《しばく》の街中へと入り込んでいた。

だが、子爵邸よりももっと南、隣接する麻布《あざぶ》区のほうに向かっているようだ。

(この方角には、確か……)

やがて足跡を追ってたどり着いたのは、帝都の中でも自然豊かな芝公園だった。

この芝公園は、太政官布達《だじょうかんふたつ》——つまり明治政府により法令で決められた、上野公園《うえのこうえん》などと同じ我が国で最初の公園である。

そして、その広大な敷地は、徳川家の菩提寺《ぼだいじ》である増上寺《ぞうじょうじ》の境内でもあった。

この寺は、江戸城の〝裏鬼門封じ〟……凶の方角を封じて帝都の結界を構成する要所だ。そのため、晴雪もすでに訪れた場所だった。

「ここは、江戸城と繋がる龍脈上の土地なんですよね」

増上寺の立派な門を見上げて、晴雪は呟いた。

帝の住む宮城は、江戸城があった場所よりわずかばかり西に位置しているが、それは結界の構造上、問題ではない。帝都は今でもこの地から、江戸時代と変わらぬ守護の恩恵を受け続けている。

元々ここには十を超える古墳があり、そこに徳川家が霊廟《れいびょう》を建てたという。加えて敷地の外にも、平安時代に建立された芝大神宮をはじめとした寺社が、増上寺を取り囲むように存在していた。

つまりここは、霊的な護りを固めた土地なのだ。

「うーん……まずい、ですよね」

木々が穏やかな風に揺れる芝公園の中を歩きながら、晴雪は眉間に皺を寄せていた。

(裏鬼門は、霊や鬼の通り道……鬼がいたとて、むしろそれが自然。とはいえ、帝都の結界の要であるこの場所に入り込んでいては……)

まずい。

鬼など、入り込んではまずいのだ。そうならぬよう封じられているはずの場所なのだから。

しかも、この増上寺、実はすでに別の問題を抱えていた。

「……陰陽師として、無視するわけにもいきませんか」

帝都に鬼が跋扈《ばっこ》しているとあれば、陰陽師学校を作る上で障害にもなる。

それに、帝都にやって来た瞬間から今日まで、ずっと気にはなっていたのだ。

(この帝都、重厚な結界があるわりに、ずいぶん〝霊が〟騒がしい場所だとは思っていましたが……やはり結界に問題が起きているのかもしれませんね)

晴雪は辺りを見回す。

生い茂る緑が壁となり、公園の全景は見えない。

山下橋から追ってきた足跡も、残念ながらここで途切れている。木を伝って移動したのかもしれないが、相手が分厚い木々の樹冠の間に隠れているようなら見つけるのは難しい。

「……よし。今は、ここまで」

立ち止まり周囲に目をやっていた晴雪は、その場で踵《きびす》を返した。

子爵邸に戻ることにしたのだ。

とはいえ、探索を諦めたわけではない。

昼は賑《にぎ》やかだ。

明るい陽射し。鳥のさえずり。そういったものに隠されてしまうものもある。特に、心霊の類は見えづらい。何者かが残した霊力もそうだ。

微かな気配を探るには、静まり返った夜に限る。

晴雪は一度、子爵邸に戻ると、日が沈むまで眠って待つことにした。


晴雪が再び増上寺へと向かったのは、酉《とり》の刻から戌《いぬ》の刻に移る少し前のこと。

日はすっかり沈み切り、鳥はねぐらに帰り息を潜めている。

今夜は満月だ。

静かな月明かりが降り注ぐ芝公園は、爽やかな賑やかさのあった昼に見た場所とは別世界のようだった。

敷地の中は、ひっそりとした闇に満たされている。

灯籠のわずかな明かりが境内を微かに照らしているが、広い闇に対して、それはあまりにも心許《こころもと》ないものだった。邪魔する雲のない今夜の月光も、生い茂る木の葉に遮られてさほど頼りにならない。

晴雪は躓《つまず》かぬように気をつけながら、人気《ひとけ》のない公園の敷地を歩いていた。闇の中でよく響く自分の足音を聞きながら、増上寺へと向かう。

と、増上寺の境内に続く門の前で、立ち止まる。

じっと目を凝らすように、晴雪は閉ざされた門を睨《にら》んだ。

寺の門は施錠されており、境内には入れなくなっている。

「でも、こっちなんですよね……」

むう……と晴雪は唸った。

強い霊力の気配が、門の中からする。

人ではない何か——鬼の気配だ。

「悪いことはしたくないのですが、致し方ありませんか」

閉門した寺の中に入るのは気が引けたが、中にいるだろう霊力の主を放置するほうが後悔するはず。

そもそも、この世にもういないことになっている陰陽師だ。いない存在なのだから問題もない……頭の中でそんな屁理屈《へりくつ》をこねた末、晴雪は罪を犯すことを決めた。

晴雪は門から数歩ばかり離れると、気配を消す隠形《おんぎょう》の結界術を使うことにした。

「天地位《くらい》を定め、山沢《さんたく》気を通じ、雷風相《あい》薄《せま》り、水火相い射《いと》わずして、八卦《はっけ》相い錯《まじ》わる……」

すうっ、と晴雪の気配が薄まる。

よほど強い鬼は別として、これでたいていの者は晴雪の存在を認識できなくなった。

次に、しゃがみ込んで足元の地面に触れた。

縮地術を使って、門の中に入ることにしたのだ。

晴雪は意識を地中に集中し、この地に流れる龍脈を探る。

増上寺は、この国最大の霊山・富士山と江戸城を繋ぐ龍脈の上にある。その巨大な龍脈を見つけるのは簡単だった。

(――……ここだ)

龍脈を摑《つか》み、手繰り寄せるようにして、晴雪は地中に沈み込むようにその場から姿を消した。

一呼吸ののち目を開けると、そこは閉じた門の内側だった。

とりわけ術の成功を誇ることもなく、晴雪は歩き出す。

暗闇に怯えているような灯籠の頼りない明かりが、境内の奥へと続いている。それを道標《みちしるべ》にして、晴雪は先へと進む。

しばらく参道を歩いていた晴雪は、ふと足を止めた。

目の前に、この増上寺が抱えている〝問題〟の場所が現れたからだ。

「大殿の焼け跡……いつ見ても痛ましい」

がらんどうのように何もない開けた空間を見つめて、晴雪は眉をひそめる。

増上寺は、過去に何度か火災に遭っていた。

つい数年前にも火災に見舞われたのだが、その際に大殿と呼ばれる本堂が焼失してしまったのだ。

（帝都を護る結界の要の地から本堂が失われて、何も影響がないわけがない……早く再建して欲しいものですが、事の重大さを分かっている者がどれほどいるか――）

不意に、強い霊力の香りがした。

同時に晴雪の視界の端で、金色の光が煌《きら》めいた。

「っ……！」

ばっ、と顔を上げて、晴雪はその光を捜す。

いた。

金色の、人の姿をした何か。それが、闇の奥へと消えていこうとしている。

晴雪はその光を追って走った。

しかし、相手が速い。このままでは見失ってしまう。

「逃がしませんよ」

霊力の残り香は強いが、確実に捉えるには肉眼で追うのが一番だ。

金色の光を追いかけながら、晴雪は懐に手を入れた。

そして一枚、式札を取り出す。

「我が翼と成れ――急急如律令」

ピッ、と宙に投げられた式札が、シロハヤブサに姿を変えた。

「追え」

晴雪の命令に、式神の鳥は翼で風を叩《たた》くようにして空に飛び上がった。

ものすごい速さで、光の後を追っていく。

(目を借ります)

晴雪は足を止めて、式神の鳥と己の視覚を共にした。

木々の間を突風のように抜けてゆく鳥と、目を共にした状態である。つまり、術者は頭でふたつの視覚からの情報を処理せねばいけなくなる。そのまま木々が生い茂る暗闇の境内を走るのは簡単ではない。

まずは、場所を突き止めて――。

「――そこか」

金色の光が動きを止める。

その強い霊力と式神の鳥の視覚を頼りに、晴雪は暗闇の中へと駆け出した。

本堂の焼け跡の裏手には、左右に広げた翼のように、五つの荘厳な徳川家の霊廟が悠々と建ち並んでいる。祀られているのが、将軍やその正室だからだろう、境内のお堂よりも立派だ。

並んだうち本堂から最も遠く離れた霊廟で、金色の光は足を止めていた。

霊力の香りを追うようにして式神の知らせた場所へと向かった晴雪は、霊廟の手前で立ち止まった。

そうして、木の陰から相手の様子を窺《うかが》う。

霊廟をほのかに照らす灯籠の明かりが、それを闇の中から浮き彫りにしている。

そこにいたのは、確かに鬼だった。

額から突き出たふたつの角。そして金色夜叉と呼ばれていたのも納得できるほど、美しい金色の髪をした――

(――……子ども?)

晴雪は思わず眉間に皺を寄せる。

鬼は、齢《よわい》十二、十三ほどの少年のような姿をしていた。晴雪の背丈と比べて、頭ひとつは小さく、身体《からだ》つきも華奢《きゃしゃ》だ。

子どもの姿をした鬼は珍しい。

例外はあるが、怨嗟《えんさ》の情というのは子どもの時には大人ほど蓄積せず、肥大化しないはずだからだ。怨霊だけが集まって鬼に転じる場合も、よほど多くの怨霊が短い期間で一箇所に集まらねば、幼い姿の鬼は生まれない。

少なくとも晴雪は、目の前の鬼ほど幼い姿の鬼を見たことがなかった。

(何か大きな災害があった際に生まれたか、あるいは人の頃に私の想像もつかないほどの恨みを抱えたか……いずれにせよ、手に負えない鬼ではなさそうです。定石を踏めば、調伏できぬ相手では――)

晴雪は息を止めた。

鬼が、こちらを見ていたからだ。

血を垂らしたように紅い目が、まっすぐに晴雪を見つめている。

晴雪は、ごくり、と乾いた唾を呑《の》んだ。

気配は消していたはずだ。

境内に入り込んだ瞬間から、誰にも見つからぬように、隠形の結界を張っていた。後を追わせた式神の鳥の気配も、術者である晴雪のそれと同様に消せていたはず。だというのに、一瞬で気づかれた。

(……これは、相手を間違えたか)

「おい。お前」

晴雪が己の読みの浅さを悔いようとしていた時、闇の中に凛《りん》とした声が響いた。

鬼が、晴雪に話しかけてきたのだ。

「おい…………………俺が見えていないわけじゃないよな？」

声が出ずにいた晴雪に、鬼は首を傾げた。

人外の妖しげな美しさを漂わせる顔に、怪訝《けげん》そうな表情を浮かべている。

あどけないその表情を見て、晴雪は緊張したままながら、止めていた息を静かに吐き出した。

同時に、自身にかけた隠形の術を解く。

この相手には意味がない、と判断したからだ。

「……見えていますよ」

「ああ、よかった。気配がやけに薄かったから、気のせいかとも思ったんだけど……俺のことも、ちゃんと見えてるんだな」

鬼はどこかホッとしたように頷きながら言った。

気さくな雰囲気の鬼に、晴雪は少し拍子抜けする。

……本当に鬼、なのだろうか？

そんな疑問が浮かぶ。

だが、それも一瞬で霧散した。

「俺の姿を見ても驚かないということは、お前、陰陽師か何かか？」

少年の身体から、その姿には似つかわしくない禍々《まがまが》しい怒気が溢れ出したからだ。

自分を取り囲むひりつくような空気に、晴雪はこの鬼との戦いが不可避であることを理解した。

「……あなたは、鬼なのですよね」

「ああ、俺は鬼だな。だが、鬼である前に菊丸《きくまる》だ」

「そうですか、菊丸。しかし、あなたの名前は、私にはどうでもいい。あなたが鬼ならば、私はあなたを倒すまでです。あなたが仰るように、私は陰陽師ですからね。我が翼は炎となり汝《なんじ》を喰らわん――」

それが呪文だと気づかれる前に、晴雪は懐から取り出していた〝霊符〟を鬼に向かって翳《かざ》した。

〝呪符〟とも呼ばれる霊符は、あらかじめ術式が込められている紙製の御札だ。

ゆえに、これを使えば、長々しい呪文を必要とする呪術も、省略形や末尾の言葉を詠唱するだけで発動する。

「――急急如律令！」

晴雪が呪文を発したその瞬間、鬼の後方から、炎が強襲してきた。

上空で待機させていた式神の鳥だ。それが、霊符の力で炎をまとったのである。

背後を振り返る鬼の横顔に、脅えのような色が滲む。

だまし討ちのような攻撃は褒められたことではない。晴雪もそれは理解している。

しかし、相手は人間ではない。

鬼だ。

正々堂々などやっていれば、こちらが喰われる。

「バン　ウン　タラク　キリク　アク！」

晴雪は畳みかけるように刀印で宙に五芒星《ごぼうせい》を切り呪術の威力を増強すると、続けざまに数枚の霊符を鬼に飛ばして呪文を唱えた。

霊符がかまいたちのような風の刃となり、鬼を四方から襲う。

鬼を切りつける風の刃《やいば》。

そして、その風を孕《はら》み、炎の鳥の火勢が増す。その炎は、鬼の足元の砂を焼くほどの熱を生み出している。

——手が出せぬうちに消してやる。

そんな風に、晴雪は次の攻撃を仕掛けようとしていた。

だが、その手が止まる。

炎の鳥が、鬼から離れない。風が舞い上げた土煙の壁の向こうから帰ってこない。

戻れ。そう命じているはずなのに。

「まさか……」

視界を遮っていた土煙が鎮まりゆく中、晴雪は状況を確かめる。

炎の鳥が動けない理由は明白だった。

鬼が抱きかかえるようにして捕まえていたからだ。

ジタバタする炎の鳥の火勢が、徐々に弱まってゆく。

その光景に、晴雪は、ごくり、と生唾を呑んだ。

鬼の力は、想像以上だった。

否《いな》、まだまだ余力もあるようだ。この鬼は、本来の力を出していない。

（こうなったら、力を解放するしか……）

できれば取りたくなかった手段が、晴雪にはまだ残されている。だが、つべこべ言ってはいられない。やられる前にやらねば——。

そう覚悟を決めようとした時だった。

「なあ陰陽師」

鬼が話しかけてきた。

そして、鬼は晴雪が思ってもいなかった言葉を口にした。

「俺と、取引しないか」

陰陽寮

平安京など、いわゆる『中央』とされる都の役所のひとつ・中務省《なかつかさしょう》に属する部署。

中務省は帝の詔《みことのり》の原案を作る重要な省であり、陰陽寮は卜占《ぼくせん》・天文現象の監視・報時・暦の編纂《へんさん》などの業務を担当していた。

ここに勤めていた役人が、陰陽師である。

なお、当部署は明治三年に廃止されている。

これに伴い、公的に認定された職業としての陰陽師も廃止された――表の世界では。

土御門家

平安時代の陰陽師・安倍晴明を祖とする一族。

室町時代に、領地であった京都・土御門の名を称するようになる。

天文・暦算・陰陽道に関する業を晴明より伝え継いだ一族は、長い期間、陰陽寮の長官である陰陽頭を務めている。

陰陽寮が表の世界で廃止されたあとは、子爵を授けられて華族に列した。

第二章　思惑の交錯

「……はい？」

晴雪は思わず固まる。

この鬼、一体何を言っているのだろう？

俺と、取引しないか――今、そう言っただろうか。

（誰と？　私と？）

初めての出来事に、晴雪は混乱していた。

思考に雑念が入り込んだ、その瞬間、

「……あ」

式神の鳥から、炎が完全に消えてしまった。

集中が途切れてしまったせいだろう。鬼の発言は、晴雪にとって、それくらい衝撃的なものだったのだ。

「くっ……」

「待て！　いや、待って！　話を聞いてくれ！」

再び霊符を取り出した晴雪に、鬼が慌てたように言った。

それから鬼は、腕の中でジタバタともがき続けている式神の鳥を抱きしめたまま、

「俺がついカッとなったせいだよな。悪かった。お前は陰陽師ってだけで、話しぶりからして、たぶんこっちの事情とは関係ないのに……ごめん」

その場で晴雪に頭を下げた。

新たな霊符を今にも投げつけようと構えていた晴雪は、目の前で下げられた金色の頭を見下ろし、ぽかんとしてしまう。

（鬼が……私に謝罪している？）

これまた前例のない不可思議な状況に、晴雪はいっそう混乱した。

鬼からは先ほど溢れ出ていた怒気も消えている。その頭は、柳の枝のように垂れたままだ。

（この鬼、一体どういうつもりなのでしょう……それに、敵意がなかった）

晴雪は複雑な気持ちで鬼を見つめる。

鬼らしい激しい怒気は確かにあったはず。

……だが、その一方で、敵意はまるで感じなかった。

攻撃も、晴雪が仕掛ける一方で、鬼はそれを撥《は》ね除《の》けるのみ。一度も応戦してはこなかった。

（この鬼、どうしてでしょうか。鬼らしくない、ような……）

理性に欠けた戦意が、この鬼には見当たらない。

人が何もせずとも震えあがるような恐ろしさや、唾棄すべき邪悪さ、狡猾《こうかつ》さも感じられない。

（……なんなら、私のほうが鬼のようではないですか）

手にした霊符に皺が寄るほど、己は指に力を込めていた。その事実に気づいて、晴雪は複雑な気持ちになる。目の前で暴れる式神の鳥を優しく抱えている鬼のほうが、よほど人間らしいではないか、と……。

そんな晴雪の心のうちを読んだかのように、

「あの、さ」

そろそろと鬼が頭を上げた。

ぽつ、ぽつ、と言葉を選ぶようにして口を開く。

「お前が俺に危害を加えなければ、俺もお前に危害は加えない。さっきのは……なんていうか、嫌なことを思い出したというか、嫌なやつらを思い出したというか……抑えていた感情が出てしまったんだと、思う」

(鬼が……言い訳をしている……)

晴雪は呆然《ぼうぜん》と鬼を見つめた。

戦っていた鬼に謝罪されたことにも驚きだが、さらにその鬼がなぜか弁明までしようとしている。

これは、現実なのだろうか？

もしかしたら自分は、まだ子爵邸で眠っているのかもしれない？

晴雪がそう疑ってしまうほど、この状況はあり得ないものだった。古から続く人と鬼との関係において、常識的なやり取りではなかった。

「――で、お前のことはまだ嫌いじゃないし、別にお前と戦うつもりもなくて……その……えーと……」

何も言わない晴雪に居た堪《たま》れなくなったのか、鬼の声が尻すぼみになって、消えた。

沈黙が二者の間に流れる。

ふたりの間の闇に、静かな月光だけが降り積もってゆく。

鬼が抱き留めていた晴雪の式神の鳥も、主の感情に呼応し、暴れるのをやめてしまっていた。

そんな式神の鳥の力ない様子に、鬼はようやく気づいたらしい。

「あっ！　ごめん……これ、返す……」

鬼は優しい手つきで、式神の鳥をそっと地面に置いた。

それから数歩、ゆっくりと後ずさって距離を取る。

「……——っ、だから、見逃してもらえないか！」

言いながら、鬼は晴雪に向かって懇願するように両手を合わせた。

晴雪は、目の前の光景に目をぱちくりさせた。

鬼に拝まれている。

いよいよ眩暈《めまい》がした。その事実に。

そして、今から自分がしようとしていることにも。

「…………話を、聞きましょう」

言ってしまった。

深いため息をつきながら、晴雪はそう思った。

鬼と取引をする。

それがどれほど危ういことか、陰陽師として知らないわけではない。

言葉を交わすことで、自身にどのような災厄が降りかかるか……鬼がもし術を仕掛けていれば嵌《は》まる可能性があるし、余計な縁を結ぶことにもなってしまう。

何より、鬼はその身体能力の高さから、近接での攻防に優れていることが多い。

今のわずかな間の手合わせだけでも、この距離で戦うのは不利である、と晴雪には十分に理解できた。

しかし、式神の鳥が大人しくなった時点で、晴雪の戦意も消えてしまっている。

それと同時に、晴雪の中にある興味が湧いてきていた。

この鬼は、陰陽師である自分とどんな取引をしようというのか――。

「～～～～っ、やったぁ！」

晴雪の了承の言葉に、鬼が小躍りして喜んだ。

突然の鬼の様子に、晴雪は警戒心を露《あら》わにする。

だが、鬼はそれに気づいていないらしい。にこにこと、満面の笑みを浮かべている。

「……何が嬉《うれ》しいのですか」

「鬼になってから、人とまともに話ができなかったからさ。いやあ、実に百年ぶりかな」

「ひゃく……？」

晴雪は眉根を寄せる。

百年ぶりということは、この鬼はそれよりも前から存在していることになる。

鬼の強さは、生きた年月とその間に喰らった霊力に比例する。恨みが大きければ怨霊を多く集め、霊力の多い鬼が生まれる。そうでなくとも、長く生きていればそれ相応の霊力を鬼は宿すと言われていた。

しかし、鬼の寿命で百年は、決して長いほうではない。

（おかしい。この鬼の強さで百年……それでは、あまりに短すぎる）

晴雪は陰陽寮にいた頃、悪鬼討伐に駆り出されることが多かった。

陰陽頭が「腕がいい」と褒めていたのも、身内に対する贔屓や世辞ではなく、陰陽寮の同僚たちも同意する客観的な評価である。

その晴雪が、この鬼は強い、と感じたのだ。

手合わせの感触からして、三百年ほどの長い寿命があるか、そうでなければ……たくさん殺しているかだろう。

しかし、目の前の鬼は、後者には見えない。

もし晴雪の見立てが間違っているのであれば、この鬼がかなり狡猾だということになる。こちらを油断させるために、世間話の中で零した寿命すら偽っているのかもしれない。

「……百年もの間、あなたはここに住んでいたのですか？」

晴雪は質問を変えた。

藪蛇になって凶悪な鬼の顔が出てきては困る。もう少し鬼から情報を引き出そうと思ったのだ。

晴雪の探るような問いに、鬼は特に身構えず「いや」と答えた。

「今夜は、たまたまここを選んだだけだけど」

「たまたま？　増上寺に住み着いているわけではないのですか」

「ああ。ねぐらはいつも、人気がない場所を転々としてるんだ」

「なぜ人気のない場所を？」

単純に疑問に思って、晴雪は尋ねた。

力の制御ができない怨霊や低級の鬼ならともかく、ここまで力の強い鬼である。どのような場所であれ、力を隠そうと思えば隠せるはずだからだ。それこそ街中ですれ違ったところで、普通の人間では気づかないだろう。

「そりゃあ、もちろん、見つからないようにするためだよ？」

「見つからないように……というのは、陰陽師にですか？」

「そうとも。まあ、あんたには見つかっちまったけどな」

「それは、調伏されないために、なのでしょうか？」

鬼の行動の理由を、晴雪はなんとなく深堀りしたくなった。

命あるものが天敵から身を隠すのは、身を護るためという理由が多い。

そして、鬼にとっては陰陽師が天敵のようなものだ。

陰陽師が鬼の天敵たりうるのは、鬼を調伏する力があるからである。その力を、鬼たちは疎ましく感じているはずだった。

だが、晴雪には、この鬼が恐れているのは別の何かのように思えた。

その感覚は正しかったらしい。

鬼は一言、

「違うよ」

と答えた。

同時に、鬼の心がそうさせるのだろう。怒り、哀《かな》しみ……漏れ出たそんな感情が、空気をピリッと張り詰めさせる。

けれど、その感情の矛先は、晴雪に向いているわけではなかった。伏せた金のまつ毛に陰る紅い瞳が見つめるのは、晴雪の手前にある虚空だ。

晴雪は、鬼の感情の起伏を冷静に観察する。そのまま、殺意がこちらに向けばいつでも応戦するつもりで質問を続けることにした。

「調伏されないためではない……でしたら、陰陽師に見つかりたくない理由は何なのです？」

「……利用されないように」

「利用とは、陰陽師に？　式神にされるとか、そういうことですか？」

「それだけだったら、別に構わない」

いいのか、と晴雪は思わず口にしそうになった。

式神にされるというのは、使役する術者にいいように使われるようなものだ。普通の鬼ならば嫌がるはずである。

晴雪が抱えた疑問に、鬼は「なんて説明したらいいんだろう……」と呟いた。

人とまともに話すのが久しぶりだからか、どうにも上手《うま》く言葉が出てこないようだ。

「ゆっくりで構いませんよ。夜明けまで、まだ時間はありますし」

「えっと……その……俺を使って、この帝都をめちゃくちゃにしたがってるやつらがいるんだよ。だから、そいつらに見つかりたくないんだ」

ぽつぽつ、と話す鬼の言葉に、晴雪は眉をひそめた。

……思っていた以上に、想定外の話が出てきたではないか。

「なんです、その物騒な方々は……って、陰陽師と言いましたよね？」

「ああ、言ったけど」

「陰陽師が、帝都をめちゃくちゃにしたがっている……？」

晴雪は目をぱちくりさせた。

今のはいろいろと聞き捨てならない話である。

「……嘘《うそ》をおっしゃい。まず、国の定めにより、陰陽師はもう存在しません」

「じゃあお前は陰陽師じゃないのか？」

「いや陰陽師ですけどもね」

鬼の反論に、晴雪はやけくそ気味に答えた。

陰陽師は、陰陽寮と共に消えた。だが、それは表の世界の話だ。

裏の世界では、陰陽寮も陰陽師も存続している。だから晴雪は、今こうして、ここにいるわけだ。

……しかし、それはあくまで裏の世界の話なのだ。

表の世界を陰陽師が闊歩《かっぽ》しているとなれば、それは国家の法に反する由々しき事態である。

国の機関である陰陽寮に所属していない、いわゆる〝法師〟と呼ばれる民間の陰陽師たちも、表で名乗れぬ以上、ほぼ正規の陰陽師たちと同じように絶えたはずだった。陰陽寮が、その名のもとに〝絶えさせた〟のだ。

それでも残った者はいるが、まじない師や呪い屋のような、陰陽師とも呼べぬ半端な術師くらいである。

なのに、この鬼は陰陽師が存在していると言った。

しかもあろうことか、その陰陽師たちが帝都に対して悪さを働こうとしている、と。

(それに『やつら』ということは、複数？　馬鹿な)

晴雪は睨むように目を薄くして鬼を見た。

陰陽寮ですら慢性的な人手不足であるというのに、野良の陰陽師がそんなにもいるだろうか。腕がいい者がいるのなら、陰陽寮で雇い入れて欲しいくらいだった。同僚たちも喜ぶだろう。

そもそも鬼の話なので、信憑性《しんぴょうせい》などない。

だが、事実であれば無視もできない話だ。

「……その話、詳しく聞かせてくださいますか？」

「もちろん。だけど、その前に……お前、名は？」

鬼の問いに、晴雪は笑顔で首を横に振った。

「名乗るほどの者ではありませんよ」

「いや、俺が名乗ったんだから、お前も名乗るのが筋だろう」

「……チッ」

「えっ……今、舌打ちした……？」

困惑顔になる鬼に、晴雪は知らないふりをした。

確かに今、舌打ちをした。面倒くさいと思ったからだ。

名前には魂が宿る。ゆえに鬼に名を明かすというのは、己の弱点を晒《さら》し、魂を人質に取らせるようなものだ。

「私は鬼を信用していない。つまり、あなたのことも信用していないのです。信用していない鬼に名を明かす馬鹿な陰陽師はいませんよ」

「でも、俺は名乗ったぞ」

「聞いてもいないのに、あなたが勝手に名乗ったんです」

「普通、初対面の相手には名乗るものだとばかり……陰陽師は無礼なのだな……」

「何とでもおっしゃいな」

引いたように言う鬼に対し、晴雪は鼻で笑った。

命を手玉に取られるくらいなら、多少の罵倒くらい何ということはない。

「……まあ、いいけどさ」

鬼は不満げに呟いたあと、無防備にも晴雪に背を向けて霊廟前の石段へと向かった。

振り返り、その石段に、すとんと腰かける。

晴雪もわずかに逡巡《しゅんじゅん》したあと、藪の中から出て、鬼の近くへと向かった。

ただ、隣に座ったりはしない。距離も、いざとなれば間合いが切れる程度には取ったままだ。

晴雪のその様子に、鬼は「座れば？」と言った。

晴雪は石段に座る鬼の前に立ったまま「お気遣いなく」と返す。

「……あのさ、陰陽師。そんなに警戒しなくても、別に何もしないぞ？」

「などという言葉を鵜《う》呑《の》みにした結果、喰われてしまうかもしれませんから」

「鬼は嘘をつかないんだってよ？」

「伝説の鬼・酒呑童子《しゅてんどうじ》の話でしょうか。でも、あなたがそうだとは限りませんからね」

「ああ、そう。じゃあ立ってれば？」

拗《す》ねたように鬼が頬を膨らませて言った。

そういう表情だと、派手な色の見た目をしてはいるが、外見相応の年齢に見える。

その華奢な少年の見た目にだまされぬよう、晴雪は気を緩めない。

「えーと……どこから話そうかな」

鬼は、ぼんやりとした視線を宙にさまよわせた。

ややあって、考えがまとまったらしい。

「お前、〝道摩《どうま》の血脈〟というのを知っているか?」

鬼は晴雪をまっすぐ見つめて、そう尋ねてきた。

鬼の言葉に、晴雪は目を瞬く。

「どうま……〝ドーマン〟? これのことですか?」

晴雪は、指を二本立てて作った刀印で、宙に〝九字切り〟をしてみせる。

ドーマンというのは、横五本、縦四本で構成される、この格子状のまじないの印のことだ。鬼を害さぬように今は呪文を省いたが、この九字切りをしながら「臨《りん》・兵《ぴょう》・闘《とう》・者《しゃ》・皆《かい》・陣《じん》・列《れつ》・在《ざい》・前《ぜん》」などと唱えることで退魔の力を放つ。

しかし鬼はピンときていないようだ。腕を組み、小首を傾げている。

「うーん。たぶんなんだけど、〝道摩〟は陰陽師の名前だと思うんだ」

「名前ですと……〝道摩法師〟のことでしょうか」

道摩法師こと、蘆屋道満《あしやどうまん》。

それは、かつて民間で活躍していた名高い陰陽師のことだ。

かの安倍晴明が五芒星のまじない印・セーマンを作ったのに対し、今、晴雪が示したドーマンの印を作ったとされている。

蘆屋道満が生きていたのは、安倍晴明が生きていたのと同時期だ。

つまり今から数百年も前の平安時代である。道満は晴明の対敵とされていたことから、互いに関する逸話も少なくはない。

「その血脈ということは、子孫のことでしょうか？」

血脈とは、血の繋がりのこと。

となると蘆屋道満の子孫を指す言葉では……と晴雪は思ったのだが、

「違う」

と言って、鬼は首を横に振った。

そのどこか苛立《いらだ》たしげな様子に、晴雪は首を捻《ひね》る。一体どうしたというのか。

「子孫でないのなら、弟子でしょうか？　弟子のことも、血脈という呼び方をすることはあるようですが」

「そっちのほうが近い気がする。でも、弟子かどうかは、はっきりとは分からないんだ」

「ふむ……で、その道摩の血脈とやらが、どうかしたのですか？」

要領を得ない鬼の言葉に、晴雪は自《おの》ずから踏み込んで尋ねることにした。

鬼の紅い目に灯籠の微かな明かりが入り込んで、ゆらゆらと火のように揺れている。

どうやら鬼は迷っているようだ。苛立っているのも、それが原因だろう。

では、何に迷っているのか……そう晴雪が考えていた時、

「……お前、鬼の言うことを信じられるか？」

鬼が、意を決したように晴雪に言った。

まっすぐな瞳が、晴雪を力強く見つめる。

その瞳に相対しながら、しかしそれとは対照的に、晴雪は素っ気なく肩を竦《すく》めた。

「分かりません。すべての話を聞いたのちに、信じるに値するか判断します」

鬼というのは、邪《よこしま》なものの象徴として知られることが多い存在だ。

昔話や伝説でも、『桃太郎』に退治された鬼が島の鬼たちや、鬼の頭領『酒呑童子』と、悪鬼の話は枚挙にいとまがない。晴雪が鬼を基本的に信用できないのは、これらの鬼の悪行に対する印象が強いせいだ。

だが、この世には善なる鬼というものも存在する。

その裏付けとして、鬼に病気を平癒してもらったという話もあれば、鬼を祀る神社というのもある。ただし、それらの善なる鬼は、いわゆる霊格が高く神に近い存在だ。

そして、目の前のこの鬼がどちらなのかは、晴雪にはまだ分からない。

「信じるべきか否かは、話を聞いてから私が自分で判断します。それでよければ、話してください」

油断はしない。

手放しで信じたりもしない。

そう念押しした晴雪に、鬼は神妙な顔で頷いた。

「……分かった。話す」

一体何を話すのだろう？

軽く心の準備をして耳を傾けた晴雪は、続く鬼の言葉に己の耳を疑った。

「俺は、人の手で作られた鬼なんだ」

「………………は？」

呆《ほう》けた声が晴雪の口をついて出た。

耳を疑い、考えて、その上でそれしか声が出なかったのだ。

「だから、作られたんだよ。陰陽師に」

「いや……いやいや、作られた鬼？　あなたが？　というか、陰陽師が鬼を作ったですって？」

「そう言ってる」

「何を言ってやがるんですか」

思わず強い口調で晴雪は突っ込んでいた。

陰陽師は鬼を調伏する存在だ。

鬼を式神として使役したり、対象の敵にけしかけたりすることはあれど、陰陽師が鬼を作り出すなど、晴雪は聞いたことがない。

それ以前に、そのようなことは、あってはならない。真実ならとんでもない話だ。

狼狽《うろた》える晴雪に、しかし鬼は真面目な顔のまま言った。

「俺が話してるのは本当のことだよ。だって、嘘をついたって、仕方ないし」

「そんなのは――……」

その澄んだ紅い目に、晴雪は否定の言葉を呑み込んだ。

仕方なくはないかもしれない。鬼にとって必要な嘘かもしれない……そうは思えど、目の前の鬼が嘘を言っているようには見えなかった。鬼の挙動は極めて平静で、感情にも揺らぎは感じられない。

晴雪には、鬼が真実を口にしているようにしか見えなかった。

「……では、どのようにして陰陽師が鬼を作ったというのですか」

晴雪は絞り出すようにしてそう返した。

その瞬間、鬼がぱあっと笑顔になった。

「俺の話、信じてくれるのか!?」

「聞いてから判断すると言ったはずです。まだ判断するための情報が足りません」

「ええ……じゃあ、どうしたら……」

「洗いざらい話してください。あなたがどうやって作られた鬼なのかを」

晴雪は知りたかった。

陰陽師が鬼を作る……その不可解でおぞましい出来事が真実なのかを。己の理解の範《はん》疇《ちゅう》を超えた事実として存在するのかを。

別に、陰陽師は正義の味方というわけではないし、晴雪もそう思っていない。

その仕事の内容も立場で変わるし、人を呪ったり呪いを返したりすることもある。そういう後ろ暗いこともやる職業だ。聖人君子とはほど遠い。

だが、鬼が危険な存在なのは周知のことだ。

その名は、恐れと共に人々の間で語り継がれてきたもの。その危険性を知らぬ陰陽師はいないはずだ。だというのに、あろうことかその鬼を陰陽師が作った、と目の前の鬼は言っている。

この話を嘘だと切り捨てることもできよう。

だが、それがもし真実だったら。

再び同じ事象が起きてしまったら。

ここで話を聞いておけばよかった、と後悔するだろう。

だから晴雪は、この鬼の話を最後まで聞くことにしたのだ。

それが、帝都での活動の憂いを打ち消すことになると思ったから。

(最悪を想定していれば、それを回避することもできます。起き得る可能性を知っておくことは、無駄ではないはず……)

そう思いながら、しかし同時に、晴雪には嫌な予感がしていた。

頭の片隅で、微かに警鐘が鳴っている。どことなく胸がざわつく。

それはまるで、想像以上の〝最悪〟が、目の前に提示されようとしている予感のようだった。

「あんたは陰陽師なんだろ？　ってことは、鬼がどうやって生まれるのかも知ってるんだよな？」

鬼の問いに、晴雪は「ええ」と頷く。

悩むまでもない問いだ。陰陽師を名乗る者なら、知っていて当然のことである。

「怨霊が力を得て肉体を得て鬼に転じる。怨霊が人に取り憑き、その肉体を転じさせる……この二通りの方法で、鬼は生まれます」

「ふうん。二通りなのか」

「……その反応、含むところがおありのようですね」

「ああ、まあ……俺が鬼にされた方法は、そのどちらでもないからな」

鬼の言葉に、晴雪は眉をぴくりとさせた。

その二通り以外に鬼になる方法など聞いたことがない。

今の話が事実なら、陰陽寮にも伝わっていない方法があるということになる。それに、

「鬼に『された』とは、いよいよきな臭いのですが……私が言ったどちらの方法でもないなら、あなたはどんな方法で鬼にされたというのですか」

「俺は、陰陽師たちが行った儀式で鬼にされたんだ」

「儀式？　一体、どんな儀式です？」

邪法の類だろうか、と晴雪は考える。

鬼は記憶をたぐっているのか、眉根を寄せて唸っている。

「えーと、何だったかな……タイ……クン…………フクン…………あ」

「思い出しましたか？」

「ああ。タイザンフクンサイ、だったと思う」

「泰山府君祭《たいざんふくんさい》ですって!?」

晴雪は思わず声を荒らげた。

泰山府君とは、陰陽道における主神の名だ。加えて、陰陽道に通じる道教においては、万物と生命を司《つかさど》る冥府の主神の名でもある。

その泰山府君に延命を祈願する陰陽道最高の儀式……それが、〝泰山府君祭〟である。

「なんでそんな儀式が……」

「お、お前も知っている、のか……？」

晴雪の声に驚き仰《の》け反《ぞ》ったままの鬼が尋ねた。

その問いに、晴雪は「もちろんです」と答える。

「知らぬ陰陽師などいないほどの有名な儀式です。本来は、帝をはじめ、お偉い方々のために執り行われてきた祭祀《さいし》なのですが……」

「本来は？」

「……泰山府君祭を執り行えば、命が尽きようとしている者に、他者の命を与えることができると言われています」

この儀式は、命を司る儀式だ。

命というものは、人が触れてはならぬ領域のものである。

それゆえ、この儀式は陰陽道の秘術としての側面も持ち合わせていた。

「秘術としての成功談は、ほとんどありません。そんなに寿命の延命が成功しては、世の摂理がおかしくなってしまうので当然なのですが……しかし、かの安倍晴明は成功させたことがあると聞いています」

平安時代、病魔に冒された高僧がいた。安倍晴明は助かる見込みのないその高僧の命を永らえさせるために、身代わりになることを申し出た高僧の弟子の命を使って、この儀式を行ったのだという。

「……ですが、鬼を作ったなどという話ではありません。そのような話は、聞いたことがない」

晴雪が儀式の名に驚いた理由だ。

泰山府君祭は、鬼を作る儀式ではない。

少なくとも晴雪は、そのような効能を聞いたことがない。

「でも俺はこうして鬼にされたんだ」

「鬼にされたと言いますが……ということは、あなたは怨霊の類から鬼になったわけではなく、元々、別の肉体を持つ存在だったのですか？」

「人間だったよ」

鬼はあっけらかんと言った。

その答えに、晴雪は頭を抱える。

「最悪だ……」

先ほど覚えた嫌な予感。それが的中してしまった。

人が鬼に成ることはあるが、怨霊が取り憑くという偶発的な原因によるものだ。そこに他者の力や意思は介在しない。

しかし、今聞いた話は別だ。誰かの手によって、生きた人間が強制的に鬼にされた……。

晴雪は反吐《へど》が出そうな心境になりながら、改めて鬼を見つめた。

齢十二、十三ほどにしか見えない子どもの姿をしている。それは即《すなわ》ち、

「……あなたは、子どもの頃に鬼にされたのですか」

「そうだよ」

晴雪の言葉に、鬼は頷き、ぽつり、ぽつり、と語り始めた。

己がいかにして鬼にされたのか、その成り立ちについての話を……。

鬼は、人間だった。

百年ほど前——つまり江戸時代の中期に、鬼は人として生を受けた。

生まれたのは江戸の都から遠く離れた小さな山村で、祖父と祖母、父と母、兄と弟と妹の八人家族だった。食べ物に困ることもあったし決して楽な生活ではなかったが、それでも苦しいだけの日常ではなかった。そして、ずっと、このままの暮らしが続くと、人だった鬼は思っていた。

その生まれ育った村での、ある夏の日のことだった。

村に、陰陽師を名乗る者たちが現れた。

陰陽師というより山伏のような旅装束に身を包んだその五人の男たちは、山を越えて江戸に向かう途中、村に立ち寄ったのだという。

だが、外界との交わりがあまりない、寂れた村だ。よそ者に分け与えられるような食料はあまりなかった。

それでも、質素なりに最低限のもてなしはした。

この土地では、人は互いに助け合わねば生きていけない。だから、この村では、困った時はお互い様というのが当たり前のことだったのだ。


……村が燃えたのは、彼らが滞在して三日めの晩だった。


人だった鬼の、祖父母、父母、兄弟妹も含め、村中の人間が眠っている間に殺され、燃やされたのだ。

暗い夜空を舐《な》める煌々《こうこう》と輝く赤い舌のような炎が、夜空を焼き、土地を焼き、その村のすべてを燃やし尽くした。夜通し暴れた大火が消し止められたのは、夜明けと共に大粒の雨が降ってからだった。

あとに残ったのは、黒く焼け焦げた土地。

そして、そこで生きていたはずの、命の抜け殻だけだった。

「……あなた以外、みな亡くなってしまったのですね」

鬼の話を聞いたあと、晴雪は静かに呟いた。

鬼は霊廟の前の冷たい石段に腰かけたまま、身じろぎもせずに口を開く。

「そう、誰も残らなかった。俺だけが生き残った」

「どうしてあなただけが？」

「たまたま厠《かわや》に起きて、たまたま見上げた夜空にたくさんの星が流れていたから、家には戻らずに見晴らしのいい丘に向かったんだ。そこで、しばらく星の雨を眺めて……その帰り道で、俺は見たんだ」

鬼の目が妖しく光る。

当時のことを思い出しているせいだろう。怒りの色が滲んでいる。

「旅の陰陽師のひとりが、村の人を殺してた。俺は声を上げようとした。けどその瞬間、そいつの仲間に後ろから刺された。そこで、意識が途絶えた」

晴雪の目の前を、ひらひらと羽虫が横切った。

「頬がじりじりと熱くて、焦げ臭くて……それで、俺は目が覚めた」

羽虫は、灯籠の明かりに吸い寄せられたのだろう。

そのまま火の中に飛び込み、一瞬で燃え尽きてしまった。

火というのは、そういうものなのだ。

使いかたを誤れば、命の大小にかかわらず、あっという間に呑み込んでしまう。

「目の前は、火の海だった。俺の村が、燃えてた。前髪が焼け焦げるほどの熱で押し返されて、自分の家が燃えてるのを、俺は、腹から血を流しながら、泣いて喚《わめ》いて、ただ見ていることしかできなかった」

自嘲気味に鬼は続ける。

鬼の顔を照らす灯籠の火が揺れて、まるで頬に涙が流れているように見えた。

この鬼の瞳が紅いのは、血の涙を流したからかもしれない。晴雪の頭にそんな考えが過《よぎ》るほど、鬼の話は惨《むご》たらしいものだった。

（そういえば、先ほど炎を見て妙に怯えたような顔をしていましたが……）

出会い頭、彼に炎の霊符を使ったことを思い出して、晴雪の心がわずかに痛んだ。

過去のことを淡々と話す鬼だが、どこか苦しそうにも見える。

「夜が明けたあと、生きている者はいなかった。陰陽師たちも、もういなかった。俺は焼け落ちた自分の家に向かい、瓦礫《がれき》を退《ど》けようとした。その時になって、ようやく自分の身体に起きていた異変に気づいたんだ。片手で持ち上げた大人くらいある焼け落ちた梁《はり》が、鳥の羽みたいに軽かったから。さすがに変だろ？」

「確かにそれなら、嫌でもおかしさに気づきますね」

鬼の話に納得して、晴雪は相槌《あいづち》を打った。

怪力自慢の人間なら別だが、頭からつま先までを改めて見ても、鬼の外見は非力そうな少年にしか見えない。人間のままだったなら、焼け落ちたとはいえ、梁のような重い木材を片手で持ち上げることは難しいだろう。

「では、あなたはその時に、鬼になったと分かったのですね？」

確認するように尋ねた晴雪に、しかし鬼は「いいや」と首を横に振った。

「その時はまだ、自分が鬼になった、なんて思ってもみなかったよ。腹の傷も塞がってたけど、刺されたのが記憶違いだったのかもって思ったし。髪とか目の色が変わってたのは、水に映った自分の姿で分かったけど、それだって火事に焼かれたせいかなって」

「あー……それは、なんというか……」

「あ。今バカだと思っただろ……」

「いえ。そういうこともあるだろうな、と思っただけですよ」

惨事に遭遇した人間に異変が起きた時、そう考えることは十分にあるだろう、と晴雪は思った。

悲しみや苦しみ、怒り。そういう感情から、髪の色が白くなるという話も聞いたことがある。黒が白になるのだから、異人のような髪色になってもおかしくはない。目の色だってそうだ。人体が持つ色に赤があるのだから、それが目の色になることはあるだろう。白化症《はっかしょう》という現象もあるらしいことを晴雪は知っていた。

「ですから、あなたのことを馬鹿だと思ったりはしません。それどころか、いくつもの可能性を思いつけるところに、想像力が豊かで聡《さと》い、とすら感じたくらいです」

「そっか……ふうん……」

「どうしました？　続きをどうぞ」

鬼の様子に、晴雪が首を傾げる。

晴雪の顔をまじまじと眺める鬼の表情は、心なしか嬉しそうに見える。

鬼は「続き、な」と言って、再び話し始めた。

「俺は村のみんなのために簡単だけど墓を作って、それから村をあとにした。陰陽師たちがどっちに行ったのか、匂いで何となく分かったからさ」

「鬼になったことで、霊力の匂いを感じるようになったのでしょうね」

「ああ。あれ、霊力の匂いなのか……でも、あんたは匂わなかったな？　今はそうでもないけど」

鼻先を持ち上げ、鬼は「なんかいい匂いがする」と言った。

「さっきは隠形の結界術を使っていたからですよ。あなたに気づかれる前に、闇討ちするつもりでしたので……そういえば、なんで気づいたんですか？」

晴雪の隠形の結界は、完璧だった。

自称というわけでもなく、他の陰陽師たちからもその出来栄えを褒められてきた実績を有する術である。厄介ごとを避けたい晴雪には、隠形の術は必須だった。だから得意になったのだ。

なのに、この鬼には気づかれた。

それが晴雪はずっと気になっていたのだが……。

「なんでだろう？　予感があったんだよ」

鬼はきょとんとして答えた。

「予感、ですか？」

「魂が反応した、みたいな」

「なんですか、それ……」

訝《いぶか》る晴雪に、鬼は「分かんないや」と肩を竦めた。

「きっと縁があったんだろ」

そう言って笑う鬼に、誤魔化している様子はない。

晴雪としては、今後のためにも気づかれた原因が知りたかったのだが、問うたところで無駄のようだ。

「村を出たあとは、どのように？」

「ひとりはすぐに見つかった。他のやつらと別れて、村から江戸に向かう道中の宿場町に滞在してたから……とっ捕まえて、どうしてあんなことをしたのか問い詰めたよ。それで、あの晩の出来事が鬼を作るための儀式だったと分かってさ。それでたまたま鬼になったのが、俺だと」

「儀式の名が泰山府君祭だというのも、その陰陽師から聞いたのですか？」

「ああ。そうだ」

鬼がその陰陽師から聞いたという話は、こうだ。

村の人々を生贄《いけにえ》に、最後に残ったひとりを鬼にする。その儀式が泰山府君祭。鬼のいた村は、陰陽師たちにとって最初の試みの犠牲になったのだ、と。

(蠱毒《こどく》のような術だな……)

話を聞いて、晴雪はその不吉な呪術を思い出した。

蠱毒とは、古代中国で流行した邪法だ。

壺《つぼ》などに大量の生き物を閉じ込め、互いに喰い合わせ、最後に残った一匹を使い行う呪詛《じゅそ》である。

村人たちの命が、一体の鬼を生み出す上で使われたのかもしれない。

だが、それと泰山府君祭とは別物のはずだ。蟲毒も鬼を生み出す術ではない。つじつまが合わないのだが……。

（……まさか、交ぜてはいないでしょうね）

晴雪は額を押さえた。

厳格な命の儀式に呪いの邪法を組み込むという、あってはならない逸脱をした馬鹿ども。そのような愚か者が存在する可能性に思い至ってしまったからだ。

もしその可能性どおりだとしたら、最悪である。

「……そいつらが、〝道摩の血脈〟ですか」

頭痛を堪《こら》えながら、晴雪は鬼に尋ねた。

「ああ、そうだ」

「その陰陽師は殺したのですか」

「殺した」

「そうですか」

「……なんで殺したとか、そういう文句は聞かないぞ」

「いえ、言うつもりは毛頭ありませんよ。口出しする権利も、私にはないですから」

晴雪は素っ気なく答えた。

何せ、百年も前の話である。

今の時代からの個人的な沙汰や見解など、あったところで無意味だろう。それに、もしその陰陽師たちが殺されずに生きていたとしても、普通の人間ならば百年も経てばあの世に逝っているはずだった。

それに、この鬼を責めたところで、晴雪には何の得もない。

「外道の行末が気になっただけです。残りの陰陽師は見つかったのですか？」

「五人のうち、四人はな。最後のひとりは捜してる最中だ」

「最中って……あなたの村の一件があったのは、もう百年も前の話なのですよね？　なのに、まだ――」

そこまで言って、晴雪は気づいた。

泰山府君祭は、命を司る儀式。延命の儀式だ。

もし、鬼を生み出しただけでなく、儀式本来の結果が得られていたなら……。

「……最後のひとり。つまり儀式の術者は、まだ生きている？」

「たぶんな」

ぽつりと零れた晴雪の疑問に、鬼が答えた。

晴雪は鬼の目を見る。

「たぶん？　何か知っているのですか？」

「俺には儀式とか呪術とかのことは分からない。けど、帝都で見つけた四人めが言ってたんだ。『あいつは死なない』って……その時に、そいつが帝都にまだいるだろうってことも聞き出した」

どのようにして聞き出したのか、晴雪は聞かないでおこうと思った。

元は人間でも、相手は鬼なのだ。人道的な行動は期待できない。

「それが十年くらい前の話だな。ええと——はい、これ」

鬼が、懐から何か紙切れのようなものを取り出した。

鬼を未《いま》だ信用していない晴雪は、手を伸ばさず、代わりに己の式神の鳥にそれを受け取らせた。鬼から受け取ったシロハヤブサが、地面を歩いて晴雪のもとへと持ってくる。

晴雪は灯籠の明かりをそれに当てた。まじまじと見て、眉根を寄せる。

それは、色褪《いろあ》せた写真だった。

十年も前の品だからか、それとも鬼がずっと携行していたからか。四隅がボロボロに劣化している。

そこには、和装の老人と、晴雪ほどの年齢の若い男が、並んで写っていた。

親子、あるいは祖父と孫のようにも見えるが、顔は似ていない。他人同士のようだ。

晴雪には見覚えのない面々だった。

しかし、若い男にはどこかしら違和感を覚えた。

同時に、その理由にも思い至る。

「……この若いほうの男が、最後のひとりですか？」

「そのとおり。ジジイのほうが、帝都で見つけた陰陽師だ。その写真を命乞いのために差し出してきた」

鬼の話しぶりからして、老人はもうこの世にいないようだ。

それには特に興味を向けず、晴雪は鬼に尋ねる。

「この若いほう……本来の年齢は、この老人と同じくらいでしょうか」

「へえ。分かるんだな」

「まあ、顔つきから何となくですがね」

晴雪は、写真に再び目を落とす。

若い男からは、見た目ほどの若々しさが感じられない。その立ちかたや所作から老練な気配が見て取れる。

「こいつは、年を取っていないらしい。俺が村で見かけた時の姿のまんまだ。ジジイのほうも、ずいぶん長生きしてるなとは思ったけど、比べ物にならん」

「……なるほど。そういうことですか」

訳知り顔で頷く晴雪に、鬼は小首を傾げる。

「何か分かったのか？」

「あなたの村で、確かに泰山府君祭は行われたのでしょう。そして、泰山府君祭は延命の儀式です。その陰陽師たちは、恐らく泰山府君祭にて自身に延命を施したのではないでしょうか……そして、特に最後のひとりが著しい成果を得た、と」

「やっぱり生きてるってことか？」

「ええ。本当に儀式が成功していればですが……」

晴雪は、目の前の鬼を見つめる。

泰山府君祭の延命の成功事例は、残存する記録上ほとんど存在しない。

だが、儀式は大なり小なり何らかの呪力を発揮したはずだった。なぜなら、この稀有《けう》な少年の姿をした鬼が存在していることが、それを証明しているからだ。

そして、その何らかの呪力を利用した外道たちが向かった先が、帝都……。

（……この土地、思っていた以上に厄介なものを抱えているかもしれません。京の都で

の任よりましかと思っていたのですが）

はあ、と晴雪は思わずため息をついた。

京都でも、晴雪がひとりで鬼退治をすることはあった。龍脈の観測と管理、百鬼夜行の対処に結界修復と、複数の問題に同時に対処することもあった。

しかし、あちらでは、同僚の陰陽師らと共同で取り掛かることもできた。だから、大変な時には労力も分配できた。

けれど、ここ帝都では別である。基本的に、陰陽師は晴雪ひとりだ。

この土地に陰陽師がいないからこそ晴雪が寄越されたのであるからして、同僚などというものは存在しない。加えて、京都の守備で陰陽寮は手いっぱいである。支援は十分にする、という陰陽頭の言質は晴雪も取っておいたが、人員的な増援は期待できない。陰陽師学校を創設する以前に、これから排除せねばならない驚異がある。気が重いどころの話ではなかった。

（道摩の血脈と、鬼、それから泰山府君祭について。陰陽寮に報告はしておくとして……ちょっと話を盛っておきましょう……）

援助を引き出すためだ。大げさに伝えておいても足りない気がする。

これからのことを考えると鳩尾《みぞおち》の辺りが痛む気がして、晴雪は衣の上からそこを擦《さす》った。

「大丈夫か？」

鬼が心配そうな顔で晴雪を見ていた。

目が合った晴雪は、やるせない気持ちになって眉をひそめる。

「まさか鬼に心配されるとは……」

「別にいいだろ。元は人間だ」

「……そうでしたね」

晴雪は苦笑する。

己を心配してくれる者が、人ではなく鬼ときた。

ここ帝都では、今までの常識はどうも通用しないようだ。

「大丈夫です。ああ、これは返しましょう」

晴雪は鬼に近寄り、手にした写真を差し出した。

鬼はそれを受け取るでもなく、呆然と見つめている。

「どうかしましたか？」

「いや、どういう風の吹き回しかと思ってさ。さっきまで警戒して近づいてこなかったから」

「どうやら警戒する必要がなさそうだ、と思ったのですよ」

「俺の話、信じたってこと？」

「鬼は嘘をつかないのでしょう？」

晴雪の言葉に、鬼は一瞬ぽかんとした。

しかし、意味を理解したのだろう。鬼の顔は、みるみる明るくなった。

「よ……よかったぁ〜！　信じてもらえなかったら、このあとどうなるかと思ってたんだ！」

「まあ、私が分からず屋で聞く耳を持たない陰陽師でしたら、そもそも一時休戦してあなたの話を聞いたりもしなかったわけですが」

「あんた、いいやつだな！」

鬼に褒められても……と晴雪は思いつつ、悪い気はしなかった。

目の前の鬼が心から言っていると、分かったからだ。人間が発する言葉よりも、よほど純粋な賛辞に聞える。

しかし、自分への鬼のよい評価に、晴雪は同意しかねた。

別にいいやつではない、と思う。確かに鬼から話は聞いたが、そこに打算がないわけではなかったからだ。そもそも、鬼のほうから取引を持ちかけてきたのだが。

「……それで、話は戻りますが。あなたは私に見逃して欲しいのでしたか」

「あっ、うん。そう、そうなんだよ。見逃してくれ」

「道摩の血脈の残りを見つけたら、あなたは殺すのですか？」

「殺す」

そう即答した鬼は、迷いのない澄んだ目をしている。

決心は固いようだが、それも当然だろう。百年以上の時を追ってきた、家族と故郷の仇《かたき》なのだ。ここに来て最後のひとりを諦めるわけがない。しかも彼は人間ではなく、鬼だ。人の世に、彼を縛る軛《くびき》などない。

しかし晴雪は人間であり、陰陽師だ。

鬼の純粋な殺意に、どうしたものか、と逡巡する。

晴雪のその様子に、鬼が難しい顔になった。

「俺を止めるのか？　お前も陰陽師だし」

「そうですねぇ…………………………まあいいか」

「やっぱり――って、え？　いいの？　なんで？」

「止めて欲しかったのですか？」

「いや、そうじゃないけど……殺人はよくないとか言われるのかと思ったから」

「表の世界の人々に仇《あだ》を成すなら、職業柄、止めましたけどね」

「表の世界……どういうことだ？」

鬼が紅い目をぱちくりさせた。

返答が不可解だというような顔をしている鬼に、晴雪は説明する。

「あなたが殺そうとしているのは陰陽師です。陰陽師は、もう表の世界――人の世には存在しないことになっています。加えて、あなたが殺そうとしている相手は、自然の摂理から逸脱した存在でもある……この意味が分かりますか？」

「えっと……？」

「いなくなっても咎められない相手ということですよ」

戸籍を改竄《かいざん》したり乗っ取ったりしている可能性はあるが、それはこの鬼の仇討ちにはさして関係のないことだ。

「さっきも言いましたが、あなたの仇討ちに口出しする権利は私にはありません。私に迷惑がかからないようにやってください」

「お前、結構すごいこと言っちゃうんだな……」

鬼は困惑の眼差《まなざ》しを晴雪に向けて言った。

対して、晴雪は肩を竦めてみせる。

「褒めてくださって、どうも」

「褒めてないんだけど……でも、止めないでくれてよかった」

「普通、鬼に『殺すな』と止めたところで、止まらないものなのですよ」

「そうなのか」

「あなたは、普通の鬼じゃない。かなり変わっています」

言って、晴雪はため息をついた。

鬼としての成り立ちからして変わっているのだが、性格はもっと変わっていると言っていいだろう。

（というか、ほとんど人間のままなんですよね……）

気づけば晴雪は忘れかけていた。

相手が鬼だということを。調伏すべき相手だったということを。

それは、鬼のほうも同じだったらしい。

「俺、陰陽師って、話の通じないやつらばっかりだと思ってたよ。道摩の連中は、全員いかれてたし……でも、あんたは違った」

言って、鬼は座っていた石段から立ち上がった。

晴雪と向き合うようにして、鬼は微笑む。

冷たい月の光に照らされて、鬼の髪が金糸のように輝いている。瞳は灯籠の火で紅く妖しく光っている。まるで帝都に舞い降りた月の使者のようだ。

その美しい金色の鬼は、晴雪に言った。

「俺に力を貸してくれ」

血を垂らしたように紅い瞳で見つめてくる鬼に、晴雪は尋ねる。

「あなた、分かってるんですか？　私、陰陽師なんですよ？」

「もちろん。だから頼んでるんだ」

「私の式神になってもいいと言うのですか？　陰陽師が鬼と手を組むというのは、そういうことですが」

陰陽師が鬼と力の貸し借りをする場合、命の保証が必要になる。

その保証を得る主な手段が、式神として契約することだった。

鬼に寝首を掻《か》かれぬように戒律で縛るのだ。しかし、これは陰陽師に有利な契約であって、縛られる側の鬼にはあまり利得がない。

だが、鬼は「それでもいい」と言った。

「力を貸してくれるなら、お前の式神になってもいい。俺には、きっと、あんたの力が必要だから」

少年のあどけなさが残る顔に、鬼は不敵な笑みを浮かべる。

そうして彼は、晴雪に手を差し出した。

人のものとは異なる、鳥の鉤爪《かぎづめ》に似た鋭い爪が、五本の指先に生え揃っている。

「……それが、取引、ですか」

「ああ」

「なぜ私の力が？」

「あんた、たぶんすごく強い陰陽師だ。さっき戦ってみて分かった。少なくとも、俺が殺した陰陽師たちじゃ相手にならないな。普通じゃない」

「そうでしょうか。あなた相手に、まるで歯が立ちませんでしたけど」

「あれは、あんたが力を発揮できる間合いじゃなかっただけだろ」

よく見ているな、と晴雪は思った。

同時に思い知らされる。自分ひとりで何とかなると思っていたが、それは傲《おご》りだったと。

実際、早々に出会った鬼一体にも手を焼いてしまった。

そもそも鬼が言ったように、晴雪の力は、後方から射る矢のようなものだ。強者との一対一の接近戦になれば後れを取ってしまう。

今後この帝都で同じような戦いにならないとも限らない。

だから、刃となり盾となる者が必要だった。

「俺を式神にしてくれ」

晴雪の思考を見透かしたように、鬼が言った。

「申し出は嬉しいのですが、私の式神になってしまうと、あなたは人を殺せなくなりますよ？」

「えっ、それは困る」

「ですから、式神になるのはやめておいたほうが」

「……さっきの写真のやつだけ、だめか？」

「だめですね。式神が殺すということは、私が殺すということになりますから。私、陰陽師として呪殺の類は行わないことにしているんですよ」

「なんで？」

「厄介ごとに巻き込まれたくないからです。ですから、あなたを式神にすることもありません」

「でも、道摩の血脈を放っておいたら、それはそれで厄介なことになるぞ？」

「どうしてそう思うのです？」

「道摩の血脈は、帝都の人間を鬼にしようとしているから」

鬼の言葉に、晴雪は押し黙る。

陰陽師が帝都の人間たちを鬼にする——もしそれが本当なら、陰陽寮から帝都に送られた陰陽師である自分は、すでに厄介ごとに巻き込まれてしまっている。

そしてこの鬼は、その厄介ごとの渦中へと向かおうとしている。

「……それは、あなたの憶測ではなく、確かな話なのですか？」

「最後に殺した陰陽師から聞き出した話だ」

鬼の言葉に、晴雪は頭の中で状況を整理する。

この鬼が道摩の血脈とやらを根絶やしにしてくれれば済む話だ。

だが、そうでなければ、この厄介な渦は大きくなる。

そうして帝都のみならず、やがて国中を呑み込むだろう。

目の前にいるのは、晴雪が調伏に手を焼くような、人間から儀式で作られたという鬼。

彼の存在だけで、今後に垂れ込める暗雲が見て取れる。

全部この鬼の嘘だったらいいのにな、と晴雪は思いながら、深いため息をついた。

「……渦が大きくなる前に、止めてしまったほうが早いかもしれませんね」

「なんの話だ？」

「晴雪です」

「え？」

「土御門晴雪。あるいは、安倍晴雪。私の名です」

鬼は驚いたように目を丸くした。

それから確認するよう、ゆっくりと晴雪に尋ねる。

「……それ、教えていいの？」

「仕方ないでしょう。一緒に行動していたら、嫌でもバレてしまいますし」

「え、え？　それって……いやでも、俺の手助けはしないって……」

「人殺しの手助けは、です。私はあなたを式神にはしませんので、あなたが当該の陰陽師を勝手に殺すのであれば、好きにすればいい。あなたが鬼にされた時代には私刑が認められていたでしょうし、そもそも鬼と陰陽師との間に人間の法律は適用されませんしね」

「お前、陰陽師なのにそんなこと言っていいのか……？」

「あなたを鬼にしたのも、陰陽師ですし。陰陽寮もすでに公的権力側の機関ではありませんから、この地では私もわりと好きにしています。ですから、そんなに堅苦しいことを言うつもりはありませんよ」

陰陽師学校の設立計画は、陰陽頭から晴雪に一任されている。

つまり、帝都での行動や判断は、晴雪の自由にしてよいということだ。この鬼についても……晴雪は、そう自分に都合よく考えることにした。

そもそも、半ば強制的に押しつけられた仕事である。それなら好きにやってやる、という気持ちだった。第一、上に相談しようにも時間がかかる。そして、今ここが現場だ。この場で判断するしかない。

そうして出した答えが、鬼と手を取るという選択だった。

「とはいえ、あなたが無関係な民間人に危害を加えそうになれば止めますし、あなたが私を欺こうとすれば問答無用で調伏します。そして、あなたも私の仕事に協力してください。それでよければ、ですが」

「いいよ、それでいい！」

「では、そのように。ええと、あなたの名は確か――」

「菊丸だ！」

「そうでしたね、菊丸。よろしくお願いします」

「こっちこそよろしく。晴雪！」

奇妙な関係だ、と思いながら晴雪は差し出されていた鬼の――菊丸の手を取った。

人ならざる者の手は、しかし、晴雪の手と同じ温《ぬく》もりがあった。

鬼

怨霊が力をつけ実体化したもの。

あるいは、肉体を持つ者が怨霊と同化したもの。

基本的にはこの二通りだが、ごく稀《まれ》に他の成りかたも存在するらしい。


巨大な虫や動物の身体に、顔は鬼の面。

人の姿に近づくほど、霊力が強いと言われている。

人型の場合、外見的には額に角を有し、八重歯は牙に、爪は鉤爪のように鋭くなる。髪や目も、その土地の人間とは異なる色をしていることが多い。


虎の皮の褌《ふんどし》を締めているとも言われるが、陰陽寮の観測上、そちらは俗説である。

鬼の出《い》ずる場所とされる鬼門の方角が『艮《うしとら》』と呼ばれていることから、人々の間で、牛のような額の角と同じく鬼の特徴として連想されたと考えられている。

泰山府君祭

陰陽道の主祭神・泰山府君を祀る祭祀。

泰山府君は人間の生死、運命を司る神である。

中国では歴代皇帝らが熱心に信仰していたという。

日本でも、平安から江戸時代にかけて、帝や貴族・武家が、国家安寧や出世を願い、篤《あつ》い信仰を寄せた。

安倍晴明が最も得意とした祭祀といわれており、現在でも彼の子孫である土御門家が司っている。


この祭は、泰山府君という神の特性上、命に関する祈願を行うことが多い。

曰《いわ》く、健康長寿や延命といった内容である……が、時に死者蘇生《そせい》や不老不死を願いこの祭祀を行う者もいるという。

第三章　伝説の道標

一夜明けて、朝。

晴雪は、加藤子爵邸の離れで目を覚ました。

やわらかな日差しが、障子越しに部屋に入ってくる。

戸を開けて縁側に出ると、風が心地いい。晴雪は目を閉じ、深呼吸をして――。

「――そこにいるのは分かっていますよ」

低い声でそう言い放った。

すると、晴雪の頭上、屋根の上から人影が飛び出し、地面に着地した。

飴《あめ》細工を糸にしたような金色の髪が、朝陽を透かしながら眩《まばゆ》く輝いている。不穏な夜《や》闇《あん》の中では血を垂らしたようだった紅い瞳も、爽やかな日の光の中では柘榴石《ざくろいし》のように
ただ美しいだけ。

鬼の少年――菊丸だ。

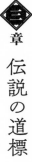

「バレたか」

「霊力が匂いました。隠れるなら、せめてもう少し抑えてください……というか、あなた。まさかその格好で人に見られていませんよね？」

晴雪は菊丸の姿を見て顔をしかめた。

昨晩会った姿と一寸も変わらない、巷《ちまた》で噂の金色夜叉だ。どこからどう見ても派手で目立つ。

問われた菊丸は、きょとんとして、

「たぶん？」

と悪気なさそうに答えた。

はあ、と晴雪はため息をつく。

「部屋の中に入ってください」

「え。いいのか？」

「いいから早く入りなさい。この部屋に張ってある結界も、あなたが通り抜けられるようにしてありますから」

晴雪が促すと、菊丸はそわそわしながら縁側に足をかける。

菊丸を中に入れたあと、晴雪は周囲に人がいなかったか確かめたのち障子戸を閉めた。

鬼を部屋に連れ込んでいるなど、子爵に気づかれでもしたら大事だ。

「人の家に招かれるなんて、何十年ぶりだろう」

晴雪の内心の焦りなど知る由もない菊丸が、室内を見回しながら言った。目をきらきらさせている。

「まったく……あなた、よく道摩の血脈とやらに見つからず生きてこられましたね」

「人目を忍んで暮らしていたからな。当然だ」

「いいえ、あなた、目立ってますよ」

「え」

「まさか、気づいていないのですか？　あなた、帝都の街で金色夜叉だなんだと噂されていますけど」

「げ。それ、本当……？」

「ええ。その噂を耳にしたので、私もあなたを捜しに行ったわけですから」

「えー……しまったぁー……」

晴雪の言葉に、途中まで胸を張っていた菊丸は気まずそうに縮こまった。どうやらこの鬼、自分が目立っていたと知らずにいたらしい。

おっちょこちょいなのだろうか、と晴雪は心配になる。

菊丸のことが心配というより、この鬼と手を組んで果たして大丈夫だろうか、という懸念だ。今後、菊丸のやらかしに巻き込まれては困る。

もし菊丸のせいで最悪の状況に陥るようなことがあれば、捨て置いていこう。そう晴雪は心に書き留めた。

「そもそも、あなた。道摩の血脈に見つからないようにしていたんですよね？」

「ああ。そうだけど」

「相手から見つけてもらえば、あなたも労せずに陰陽師を捜し出せたかもしれないのに。なぜ敢《あ》えて隠れてたんです？」

「それは、晴雪が俺を闇討ちしようとしたのと似たようなものだな」

晴雪は昨晩のことを思い出す。

鬱蒼《うっそう》と茂る増上寺の草木と月明かりの届かぬ闇に紛れて、隠形の術を使い気配を消して……そうして見つからぬようにそっと鬼に近づいた。

「気づかれる前に倒したかったということですね。あなたもそうだと？」

「うん。最後に残ってる陰陽師は、やつらの中でも一番強かったみたいだし。あいつらは鬼を自在に従える方法を持ってるみたいだったからさ。それを使われたら困るし、不意打ちがいいだろうなって」

「自在に従える……その言いかたからすると、強制的に式神にするようなものでしょうか？」

「んー。式神ってのが俺にはいまいち分からないんだけど、たぶん、そうなんじゃないかな」

ふむ、と晴雪は考えを巡らせる。

鬼を式神にするには、契約や儀式が必要だ。

それに加え、菊丸ほどの鬼を自在に従えるとなると、陰陽師としてかなりの力量が必要になる。

もしそんなことが可能な者が当代にいるのであれば、現陰陽頭の力量に匹敵――いや、それすら超えるだろう。

考えているうちに、晴雪の顔が自然と渋くなった。

「……そいつの面を拝んでやりたいですね。で、知っている術式について吐かせたい」

「びっくりした。急に物騒なことを言うなぁ……」

晴雪の言動に、菊丸が引いている。

一方、鬼らしくない彼の反応に、晴雪も困惑する。

……本当に、お互いどちらが鬼か分かったものではない。

晴雪は「んんっ」と誤魔化すように咳《せき》払いした。

「菊丸、そもそもの話ですが。その血脈の残党、もう帝都にいないのでは？」

「えー、いるよ。絶対にいる」

「なぜ断言できるのですか？」

「勘」

なんて信用ならない……と晴雪は思った。

それが表情に出ていたのだろう。菊丸は慌てて補足する。

「だって、帝都がまだめちゃくちゃになってないしさ」

「そんなこと、理由になりますか」

「なると思うけど？　じゃあ逆に、晴雪はなんで、もういない、って思うんだよ？」

「あなたを見つけに来ていないから、ですかね」

晴雪の言葉に、菊丸は「ん？」と首を捻った。

「どういうこと？」

「あなたほど目立つ鬼の情報があって、陰陽師が無視するわけないのでは、と」

菊丸は道摩の血脈によって作られた鬼らしい。

そして、血脈が意図的に作ったのならば、存在を無視するはずがない。

さらに『作られた』と菊丸は言っているが、それは被害者の視点であり、偶然の産物だったという可能性もある。

そのように血脈の想定外の偶発的な産物だったとしても、自分の仲間が四人も殺されたのだから、残った陰陽師は存在に気づいたはずだ。もし自分を狙う敵を排除しようとする相手なら、とっくに菊丸の前に現れていていいだろう。

だが、菊丸は、帝都近郊に住み着いて数十年経つという。なのに、晴雪以外の陰陽師には遭遇していないらしい。

「それはやっぱり、俺がちゃんと人目を忍んでたから……」

「まだ言いますか」

本気で言っている菊丸の様子に、晴雪はため息をついた。

自覚がないのは困りものだ。

今まで調伏されずにいたのは、この地の陰陽師不足のおかげだろう。明治以前の時代なら、陰陽師が集団で押しかけていたに違いない。

「まあ、とにかく。私はあなたに目立って欲しくないし、あなたも目立ちたくないわけですよね？」

「もちろんだ」

「分かりました。でしたら、外見を少し変えましょう」

晴雪は文机に向かい、そこに保管していた札を手に取った。

札には、墨で記号のような文字——真言の梵字《ぼんじ》が書き記されている。

晴雪は菊丸のもとへ戻ると、指で印を結び、札を構えた。

「目を閉じていてください」

「え……こ、こうか？」

「ええ。そのままで……『摩利支天に帰命し奉る。我に力を与え給え《オン・マリシエイ・ソワカ》』」

呪文を唱えた晴雪は、菊丸の金の髪を札ですっと撫《な》でた。

すると、菊丸の髪が一瞬で色を変えた。

眩いばかりの金から、墨を流したような黒へ。まるで満月が夜闇の雲間に隠れてしまったかのように、あっという間のことだった。

続けて、額に生えた二本の角と、両の瞼《まぶた》を札で撫でる。菊丸がくすぐったそうに眉根を寄せた。

「目を開けてください……ええ。いいですね」

血のような紅だった菊丸の目の色。それが瞼を開けると、鳶《とび》の羽のような明るい茶色に変化している。額の角もなくなっている。

晴雪は手鏡を菊丸に渡して、彼の外見の変化を確かめさせた。

手鏡を覗き込んだ菊丸が、自分の見た目の変化に「へえ！」と驚嘆の声を上げた。

「すごいな！　これ、何をどうしたんだ？」

「隠形の術を応用して、外見を変えたんですよ」

今唱えたのは真言のひとつ、天尊《てんそん》と呼ばれる仏に対して祈禱《きとう》する呪文である。

天尊の一柱である摩利支天《まりしてん》は、陽炎《かげろう》や日光、月光を神格化した存在だ。それゆえ、呪術を通して隠形の力を施してくれる。かつて戦国の世で活躍した忍者たちも、この天尊に信仰を捧《ささ》げていたそうだ。

人目を欺くことが可能な、隠形の力の仕組み。それを、晴雪は外見を変化させる術に転用したのである。

「完全に色や形が変わってしまったわけではありません。膜で覆っていると考えてもらえれば」

「膜……？」

「ええ。ですから、剝がれ落ちれば元の姿に戻ってしまう。たとえば、あなたが人に紛れられるくらいに霊力を抑えていれば、髪の色は黒のままです。言い換えると、あなたが一定以上の霊力を使うようなことがあれば、ハイカラでよく目立つ黄金色に戻ってしまいます。お気をつけて」

「そういうことか……分かった。気をつける」

「あとは、その格好ですかね」

菊丸の首から下を見て、晴雪は「ふむ」と顎に手を当てて考え込む。

菊丸が身につけているのは、狩衣だ。

ただの着物や袴であれば気にはならないが、公家の子がまとっているような服装は、今の時代には似つかわしくなかった。

というか、単純に目立つ。

未だにこのような服を着ているのは、祭祀を執り行う際の神職や陰陽師くらいだろう。

「これも髪色などとまとめて変化するように術式をいじりましょうかね」

「服も変わるってこと？　そんなことできるのか？」

「やりようによっては」

呪術というのは、術式――呪文や手順を組み合わせた公式の上で成り立っている。その公式から逸脱しない範囲であれば、応用が利くのだ。

ふと、脳裏に昨晩過った最悪の可能性が蘇《よみがえ》る。晴雪はそれを振り払った。

「そもそも、その服はどうしたのですか？　あなたが話してくれた生い立ちからは、そのような格好で生活していたようには思えなかったのですが」

「道摩の血脈のところで貰《もら》った」

「……強奪した、ということでよろしいでしょうかね」

「だ、だって散々なことをされたんだ。これくらい貰ったって罰は当たんないだろ？」

「別に責めてませんよ。しかし、その服装では街中で浮きますね」

「え。これまで俺、ずっとこの格好だったけど」

「昼間に出歩いていたわけではないのでしょう？　まあ、一緒に外出しようというわけではないですし、あなたが夜以外はおとなしくしているというなら別に――」

「昼に出歩いてもいいのか!?」

菊丸が、ずいっと晴雪に顔を寄せた。

部屋に入ってきた時以上に、目をきらきらと輝かせている。

「いい、というか……そうしてもらったほうが、こちらもやりやすいので」

「そうする！　俺、お天道様の下を歩くの、ずっと我慢してたんだ。被り物とかしても正体がバレるかなと思って」

「他の服もどこかから拝借すればよかったのでは」

「何もされてないのに、そんな盗人《ぬすっと》みたいなことできるか」

「あなた、鬼の癖に律義ですね。そういうところは人間のままなんでしょうか……」

感心とも呆《あき》れともつかない気持ちで、晴雪はため息交じりに言った。

同時に、先ほどから考えていた疑問に答えが出る。

(普通、鬼は日光を嫌うはずなのですが、この鬼——菊丸はそうではないようですね)

鬼が活動するのは、暗夜だと言われている。

彼らは日没後にねぐらから出てきて、日の出前の夜空が白み出す頃に戻っていくという。平安時代に残された説話集のいくつかにも、そのような記述がある。

陰陽師が鬼と戦う場合も、ほとんどが朝を恐れるように逃げていく。そのため、朝日を浴びせて調伏するようなことは滅多になかった。ただし、薄暗い森の中など日差しの当たらない暗がりなどでは、鬼も逃げることはない。

そして、霊力の高い鬼も別だ。

菊丸も、まったく日光を嫌う素振りがない。

(霊力が高いことは昨晩対峙《たいじ》してみてよく分かりましたが、日光が無効なほどの力はないはず……しかし現に、日光に対してほとんど何も感じていないようですね。元は人間だったからというのも関係しているのか……)

隠形の術で人間の少年にしか見えなくなった菊丸を前に、晴雪は昨晩の話を思い出す。

陰陽師が儀式によって人間を鬼にした。

そして、この帝都でさらに鬼を増やそうとしている……。

(終わった話なら、いいんですけどね)

そうではないのだろうと感じながら、晴雪は文机に向かった。

液体が入った瓶をふたつと、和紙の小袋を机上に並べる。小袋の中身は粗塩だ。

背後から、菊丸が不思議そうに覗き込んできた。

「……晴雪。まさか朝酒でもする気か？」

「するわけないでしょう。これであなたの服を変える霊符を書くための墨汁を作るんです。瓶の中身は神水みたいなものなので、離れていたほうがいいですよ。鬼にとっては毒でしょうから」

晴雪が注意すると、菊丸は「ふうん」と言ってわずかに距離を取った。

だが、興味があるのか、晴雪の手元を覗こうとしている。

「菊丸。服も変えられるようになったら、ここにも自由に出入りしていいですよ。寝床も好きに使ってください」

「え……ほ、本当に、いいの……？」

「ええ、こちらを貸してくださっている方には、使用人を雇ったと嘘にならない程度に説明しておきましょう。ですので、鬼だとバレないようにしてくれれば、ここを住処《すみか》にしていいです。その代わり、番も頼みますよ」

「心得た！」

嬉々《きき》とした菊丸の気配を背後に感じながら、晴雪は硯で墨を磨《す》る。

古より邪気払いの行事では『鬼は外』という掛け声が一般的だ。鬼を家の中に入れるなど、陰陽寮の者たちが知ったらどんな反応をするだろうか。陰陽頭は呆れて言葉もないか、最悪、腰を抜かすかもしれない。

それでもこの鬼をひとりで外に出すのは、何となく気が進まない晴雪なのだった。

……とはいえ、それは最初だけだったのだが。


「ここを出ていくか、私の言うことを聞くか。選びなさい、菊丸」

晴雪が低い声でそう言ったのは、菊丸と居を同じくして三日めのことだった。

仁王立ちして半目になっている晴雪の目の前では、菊丸が、すん、と不満げにそっぽを向き胡坐《あぐら》を掻いている。

晴雪は、先日の己の軽率な発言について後悔していた。

元が人でも、今は鬼。簡単に家になど招き入れるべきではなかった、と。

そう思った原因は、菊丸の奔放な生活ぶりにあった。

「日が高いうちは屋根を飛び移って移動をするなと、あれほど言いましたよね。人間がするように徒歩で移動しなさいと……なのに、なぜ三日三晩まったく言うことを聞かずに好き放題に飛び回ってやがるんですか」

「だって、なんか嫌なんだよ」

「嫌って何が」

「この加藤ナントカの屋敷」

「ナントカ言うんじゃありません。何が嫌なんです？」

「何がって言われても……」

うーん、と菊丸は腕を組んで唸った。

だが、いくら待てどそこから答えは出てこない。

晴雪は呆れて、小さくため息をついた。

「理由、ないんじゃありませんか」

「あるって。はっきり言えないだけで……だいたい、屋根を飛び移ったほうが速いしさ」

「速いとか遅いとかの問題じゃありません。目立つな、と言ってるんです」

「外見は晴雪が術をかけてくれてるし、平気だろ」

「ええ、そうですね。そのおかげで、近所に人間離れした動きをする子どもがいると噂になっています。天狗《てんぐ》の子かな、とか言われてね」

「鬼ってバレてないってことだろ。よかったじゃないか」

「全然よくありません。みなさん鬼がこんなところにいるなんて思ってもいないから、今は意識の死角になっているだけです。ですが、公になるのも時間の問題でしょう。それに天狗の子も鬼も似たようなものです。あと、こちらの屋敷の庭にあるものを勝手に食うんじゃありません。迷惑でしょうが」

矢の雨でも降らせるように、晴雪は一息に言った。

加藤子爵邸の庭には、果樹も植えられている。そこにたわわに実った枇杷《びわ》の実を、菊丸が食っているのだ。

晴雪は使用人にそれとなく訊《き》かれて、そのことを知った。当然、頭を抱えた。

「……うるさいなぁ」

「あのですね。私が食ったことになってるんですよ」

「じゃあ、それでいいじゃん」

「よくないから言っている」

まともに取り合わない鬼に、晴雪は思わず強い語気になってしまった。

菊丸もそれには動揺したらしい。

「……………………努力はする」

呟いて、菊丸はすっくと立ち上がった。

晴雪に背を向けて、縁側に続く障子戸へと向かう。

「どこに行くんです」

「外」

「では、玄関からどうぞ。そちらは玄関ではありません」

縁側に続く障子戸に手をかけた菊丸は、その言葉に唇をへの字にした。

それから向きを変えて、玄関へと大股で歩いていく。

カラカラ、ピシャ、と引き戸の閉まる音を聞いて、晴雪は小さくため息をついた。

(……ここに招いたのは、失敗だっただろうか)

外道の陰陽師のせいで人の身から鬼となった菊丸を憐《あわ》れと思い、この部屋に入れた。

だが、菊丸との同じ空間での生活は、あまり上手くいっていない。

そもそも菊丸には、室内で過ごす習慣が百余年ほどない。この三日ほどは、まだ日が出ているうちから、落ち着かない様子で外に飛び出していってしまっていた。

情けは人の為《ため》ならずとは言うが、情けが身を亡《ほろ》ぼすこともある。晴雪はその可能性について考えるようになっていた。

(まあ、そもそもあれは鬼ですし。出ていったら出ていったで、道摩の血脈とやらには別個に当たればいいだけのこと。だいたい、血脈の存在だって、菊丸が同情を乞うためについた嘘という可能性だってある……)

つらつらと考えながら、晴雪は呪術道具を整える。

菊丸が来てから三日、晴雪は拠点の子爵邸離れに籠もっていた。

今後に備えて十分な枚数の式札や霊符を用意する作業をしながら、菊丸の動向を監視する必要があったので式神の鳥を飛ばし、そのあとを追っていたのだ。

結果、菊丸の奔放ぶりが判明し、先の説教に繋がったわけである。

(期待しなければいいのです。元より、ここではひとりの予定だったのですから)

この土地で、他に誰か味方を……そう急《せ》いた結果が、今の状況だ。

「焦っても、いいことはありませんね」

机の端を見て、晴雪は、ふう、と息をついた。

そこにあるのは、書き損じたり、墨が乾き切るのを待たずに触れてしまった札だ。これが、焦った結果である。

晴雪は、しっかりと墨が乾き切った札だけをまとめる。

そのうちの幾枚かを懐に忍ばせると腰を上げ、帽子を被って玄関を出た。菊丸と出会う前にそうしていたように、ひとり神社仏閣の地勢を調べに向かうことにしたのだ。

ひとりでも、十分やれる。

そう確かめるように、晴雪は地図に龍脈の位置を書き込みながら、まだ日も高いうちだというのに襲ってくる怨霊がいればそれを祓《はら》いつつ、訪れた各地で神職や住職にも話を聞き込み、情報集めに勤《いそ》しんだ。

そうしているうちに、日暮れ時になった。

相変わらずさして成果は得られなかったが、何もしていないよりは十分得られたはず……そう自分に言い聞かせて、晴雪は帰ることにした。

☯

子爵邸の離れに戻った晴雪は、そのまま菊丸に連れ出されたのだった。

「ちょっと。一体、何だっていうのですか」

背中を押して歩く菊丸に向かって、晴雪は不機嫌そうに言った。

一日の仕事を終えて住まいに帰り着いたというのに、ひと休みすることもできずに再び帝都の街中に戻された。意味が分からない。

「道摩の血脈を捜すって言っただろ」

「言いましたけど……え、今からですか？」

どういう風の吹き回しだ、と晴雪は目を瞬かせた。

出会ってから今日まで三日。それまでの間、一度も捜しに行こうと誘ってはこなかったというのに。

晴雪の反応に対し、菊丸はさも当然のように言う。

「夜捜さずに、いつ捜すんだよ」

「昼間に捜せばいいのでは」

「昼より夜のほうが捜しやすいだろ」

「それは、まあ……」

菊丸の言い分に、晴雪は渋々だが同意する。

霊的な領域に属する何かを捜す時は、夜のほうが確かに勝手がいいのだ。

昼の間は日の光で隠されていたものたちが、夜の闇の中でははっきりと蠢《うごめ》く。霊力の匂いも、昼より夜のほうが強まる。

加えて、鬼である菊丸は、夜に力を増す。言い分自体は正しい。

「ですが、なぜ今からなのですか。もっと言うと、なぜ今夜なのです？　昨日、一昨日《おととい》ではだめだったのですか？」

「そりゃあ、今夜がいいからだよ。それに、今日までは忙しかったし」

「忙しかったって……そういえばあなた、毎日外に出ていましたが、何をしてたんですか」

「周りの確認」

くるりと円を描くように人差し指を回し、菊丸が言った。

「道摩の血脈が、何か罠《わな》とか仕掛けてないかの確認をしてたんだよ。寝床を選ぶ時は、いつもそうして安全を確かめてるんだ。落ち着かないからさ」

菊丸の言い分に、なるほど、と晴雪は納得した。

確かに式神の鳥に追跡させていた時に、菊丸はそのような素振りを見せていた。

同時に、ふらふら出歩いてばかりで……と決めつけていた晴雪はばつが悪くなった。

こほん、と咳払いをして誤魔化す。

「……それにしたって、行くなら行くと、事前に言っていただかないと困りますよ」

「なんで？」

「私は昼の間に歩き疲れてへとへとなんです」

疲労から少しいらいらして晴雪は答えた。

一日における体力の配分というものがある。そして晴雪は、もう本日分のそれを使い切っていた。先ほどは、もう身支度を整えて眠るつもりで子爵邸に戻ったのだ。まさかそこから連れ出されるとは、微塵《みじん》も思っていなかったのである。

「だいたい、あなただって日中、外を歩き回っていたのではありませんか。疲れてはいないのですか」

「全然。むしろ夜になって元気になった」

これだから鬼は……と、晴雪は苦々しく思った。

人の身体と鬼の身体では、根本的に耐久度が違う。

許容できる疲労も、当然、異なっている。つまり、鬼は疲れ知らずなのだ。

菊丸を式神の鳥に追跡させていた晴雪は、彼が近所を物珍しそうに歩き回っていたのを知っている。その際に休憩したりしている姿は見ていない。だというのに、現在の菊丸の足取りは軽く、まるで一日の始まりのように活力が漲《みなぎ》った様子である。

「……言っておきますけど、眠さに耐えかねたらすぐに帰りますからね」

「おう。そうなったら、俺がおぶって帰ってやるよ」

余裕のある菊丸の返答に、晴雪は肩を竦めた。

日中に叱り飛ばして別れた手前、こうして一緒にいると何だか調子がおかしくなる。

「そもそも、当てもないのではありませんか？」

十年もの間、菊丸は帝都で道摩の血脈を捜しているという。それで見つかっていないということは、足取りがまったく摑めなかったからだろう。今夜捜しに出たとて、すぐに見つかるわけでもない。急ぐ必要はないはずだ。

しかし、意外なことに、菊丸は「いいや」と晴雪の言葉を否定した。

「俺には分からなくても、お前なら分かるかもしれない」

「それは、どういう……？」

「見てからのお楽しみ」

言って、菊丸はにっと笑った。

唇の端に、人のものではない、鋭く尖《とが》った犬歯が見える。

「あの、向かう場所を言っていただければ、縮地で移動できるのですが」

「特定の場所じゃないんだよ」

菊丸の言葉に、晴雪は眉根を寄せる。

縮地で移動するには、はっきりと目的地を思い描く必要がある。だが、尋ねたところで、まともな答えは返ってこなそうだ。晴雪は仕方なく、菊丸の案内に従うことにした。

帝の住まう宮城を囲むお濠沿いに、北へ向かう。

やがて、菊丸が足を止め、晴雪を制した。

「ほら、あれ」

菊丸が、行く手を指差す。

晴雪は目を凝らした。

示されているのは、道のかなり先だ。

晴雪の肉眼では見えない――が、それを感じることはできる。

「……あれは、百鬼夜行」

「っていうのか、あれ？」

特に物珍しくもないというように言って、菊丸は近づいていこうとする。

その手を晴雪は慌てて摑んだ。

「待ってください。その様子だと、あなたはあれを何度も見ているのですか？」

「ああ。ひと月に一度は現れるな」

ひと月、と言われて、晴雪は干支《えと》で表す暦を思い出す。百鬼夜行の現れる日というのは、一月・二月は子《ね》の日、三月・四月は丑《うし》の日、というように、月ごとに決まっている。

(今日は、己巳《つちのとみ》の日……今月の百鬼夜行日ですね)

ちりちり、と産毛が逆立つ感覚に、晴雪は顔をしかめる。

確かに、今日は遭遇する可能性の高い日だ。菊丸が「今夜がいい」と拘《こだわ》ったのも、これが理由だろう。

だが、この地で発生するというのは、まずい。

「やはり結界が、おかしくなっているのでしょうね……」

「そうなのか?」

「あなたの存在だって、ここにあってはまずいのですよ」

「なんだよ。鬼だから、いちゃいけないってこと?」

拗ねたように菊丸が唇を尖らせた。

晴雪は「そうではなく」と首を横に振る。

「先に言ったでしょう。私は、あなたの存在を否定しているわけではありません。この結界で護られているはずの帝都に、鬼や百鬼夜行が現れる状況がまずいと言っているのです」

「ふうん。俺が邪魔だって話かと思った」

「一言も言っておりませんが、鬼に成ると読心術でも使えるようになるのですか？」

「嫌味なやつだな」

菊丸がむっとした顔で言った。

それを脇目に、晴雪は夜道に目を配る。

ここは、上野の手前、神田《かんだ》と呼ばれている街だ。宮城の北東の地区である。

「あなた、帝都にはどうやって入り込んだのですか？」

「え？　……普通に？」

説明不足だ、と晴雪が思ったのが伝わったのだろう。

菊丸はしばし考えて、自分が入り込んだ時のことを話し始めた。

「荒川《あらかわ》を越えるのに、千住《せんじゅ》大橋を通ったよ。あの頃、江戸が燃えたあとだったからか、簡単に入り込めてさ。そのまま、人目につかないように暮らして、気づけば百年って感じだな」

江戸時代、『火事と喧嘩《けんか》は江戸の華』と言われるほど頻繁に火事が起きたという。

その中でも、被害の大きさから『江戸の三大大火』と呼ばれている火事があった。明暦の大火、目黒行人坂《めぐろぎょうにんざか》の大火、丙寅《ひのえとら》の大火である。

菊丸が江戸に入り込んだというのは、時期的に、丙寅の大火のあとのようだ。

「なるほど……江戸の大火の時に……」

呟き、晴雪は黙り込む。

奇妙な符号を感じたからだ。

菊丸の村が燃やされたこと。江戸の町が燃えたこと。

鬼である菊丸が、易々《やすやす》と結界に護られていたはずの江戸に入り込めたこと……。

(……江戸の大火は、何度も繰り返していたはず。そこまで気にするようなことではありませんが……百年前なら、おじ上の父が陰陽頭か。その頃は、土御門家が隆盛を極めていて……確か斉政館を作っていたりもしましたか……)

斉政館《さいせいかん》とは、土御門家の家塾だ。

陰陽寮が今、晴雪に陰陽師学校を作らせようとしているのと同じように、土御門家は過去に天文暦学を教える学問所を作っていた。それも陰陽寮解体の折になくなってしまったのだが。

今、自分がそれと同じようなものを作ろうとしていることに、晴雪はふと気づいた。

……果たして偶然なのだろうか？

「どうしたんだ、晴雪？」

黙ったまま立ち尽くす晴雪に、菊丸が不思議そうな顔で呼びかけた。

その声にハッとして、晴雪は現状を思い出す。

気になることはあるが、今はそれよりも目の前の百鬼夜行である。

「もっと近くに行きましょう」

晴雪が促すと、菊丸が「おう」と答えた。

ふたりは、通りの先へと急ぐ。

そうして怨霊たちに気配を悟られないような距離で立ち止まり、様子を観察した。

おどろおどろしい異形のものたちが、ひしめき歩いている。

怨霊や妖怪と呼ばれる、神霊が零落した〝百鬼〟。それが、まるで大名行列のような群れを成しているのだ。

漂ってくる腐臭に似た濃い霊力の匂いに、晴雪は眉根を寄せた。

その傍らで、菊丸が尋ねる。

「で、どうする気だ？」

「祓ってしまいましょうかね」

蠢きながら進んでゆく百鬼夜行の一団。それを悠然と眺めて、晴雪は懐に手を入れる。

そして、そこに忍ばせておいた霊符の一枚を取り出した。

百鬼夜行は、霊障を起こす。つまり、人や生き物に作用して、事件や事故を引き起こす、そういう厄介な現象なのである。

面倒ではあるが、ここで対処しておいたほうがまだマシだろう、と晴雪は判断した。放っておいて、それこそ先ほど菊丸が話していた大火のようなことが起きてしまっては寝覚めが悪い。

「結構な数がいるけど、お前だけでやれるの？」

菊丸の問いに、晴雪は「ええ」と涼しい顔で頷いた。

「あなたのような特殊な鬼相手ならともかく、あれくらいの雑魚ならいくら数が寄り集まったところで造作もありませんよ」

言って、晴雪は手にした霊符を構えると、そこに描かれた紋様を素早くなぞるように撫で、口ずさむように呪文を唱えた。

「東海の神、名は阿明《あめい》。

西海の神、名は祝良《しゅくりょう》。

南海の神、名は巨乗《きょじょう》。

北海の神、名は禺強《ぐきょう》。

四海の大神、百鬼を避《しりぞ》け凶災を蕩《はら》う――急々如律令」
霊符が激しい閃光《せんこう》を発した。
真昼の太陽のような光が、無数の槍《やり》となり怨霊たちを貫く。
耳をつんざくような絶叫を響かせながら、怨霊たちは焼け焦げているような煙を出し
――やがて、宙に霧散していった。
その光景に菊丸が「おお！」と声を上げる。
「すごいじゃん！　何、今の！」
「百鬼退散の呪文を使いました。その名のとおり、百鬼夜行を退ける効果があります」
「そのまんまだな」
「ええ。いろいろと武器は揃ってるんですよ。この職業、伊達《だて》に長い歴史があるわけで
はないので」
すう、と晴雪は鼻から空気を吸った。
辺りに漂っていた腐臭は消えている。百鬼夜行は無事に祓えたようだ。
（……しかし、あれは一体どこから来た？）
晴雪は、百鬼夜行が練り歩いていた通りをじっと眺める。
この通りは、明かりのない裏道だ。

人が行き交い、路面電車が走り、夜はガス灯の明かりが照らす、帝都の中でも華やかな通りである銀座通りとは対照的に、暗く陰気な闇が満ちている。

通りに面した家屋も、すでに寝静まっている。おかげで被害はなかった。

「晴雪、どうだ？　今の百鬼夜行から、何か分かったか？」

菊丸が、晴雪の横顔を覗き込んで尋ねる。

彼が言う何かとは、道摩の血脈についてだろう。

「いえ。まだです」

「まだってことは、そのうち何か分かりそうってことか？」

「肯定も否定もできません……が、気になることがあります」

百鬼夜行が帝都に現れている。それは、結界が綻んでいるせいだろう。

しかし、それが菊丸の言う道摩の血脈と関係があるかは分からない。

……分からないが、何か因果関係らしきものが見えそうだ、と晴雪は感じていた。

暗い闇が満ちている南北に延びたその道の奥を見つめて、晴雪は傍らの鬼に言った。

「菊丸。今夜は、もう少し付き合ってください」

晴雪と菊丸は、北へ向かった。

先ほど祓った怨霊たちの残り香が通りにはまだ微かに漂っており、百鬼夜行がやって来た方角がそちらだと分かったからだ。

百鬼夜行がどこから発生したのか――つまり、この結界に護られているはずの帝都に、どこから入り込んだのか。晴雪は、その位置を特定することにしたのである。

(やはりこちらの方角か……)

「こっちだな」

晴雪の考えを読んだかのように、菊丸が言った。

霊力の匂いは、風が吹いてどうこうなるものではない。ある程度の時間は滞留する。

その匂いを頼りに、晴雪と菊丸は発生地点を捜す。

やがて通りを抜けた先に、大きな池がぽっかりと現れた。

上野公園に隣接する、不忍池《しのばずのいけ》だ。

池の中には中之島《なかのしま》という人工の島があり、そこには七福神の弁財天を祀る辯天堂《べんてんどう》という御堂が建っている。これらの公園も池も、元々はこの地に鎮座していた東叡山《とうえいざん》・寛永寺《かんえいじ》の広大な敷地だった。

そして寛永寺は、晴雪が菊丸と出会った増上寺と同じく、徳川家の菩提寺である。

だが、今や江戸時代の姿はないに等しい。

およそ五十年前に、本堂を含む大部分を焼失しているからだ。

それゆえ、境内だった敷地のほとんどが、今では公園として扱われるようになってい た。国内で初めての博物館や動物園が建ったり、池の上に架かるケーブルカーを設置し た博覧会が行われたりと、文化の醸成地にもなっている。

しかし、陰陽師から見れば、ここはもっと別の、重要な意味を持つ土地だ。

そのため宮城を囲むお濠の周辺を散策した翌日、晴雪はこの場所にも訪れていた。

(以前に来た時よりも、霊力の匂いが濃い。しかも、複数の匂いが混じっている……)

晴雪は、ぐるりと周囲を見渡す。

この上野公園と不忍池の一帯、実は江戸城のあった場所から見て北東――鬼門なので ある。その帝都の結界の泣き所である鬼門を封じるために、平安京の鬼門を護った比叡 山延暦寺に見立てて、この地を護るべく寛永寺は建立されたらしい。

(江戸の裏鬼門である増上寺にも、鬼が入り込んでいた。となると、先ほどの百鬼夜行 も、鬼門であるここから入り込んだか……)

蓮《はす》の葉が浮かぶ静まり返った大きな池を前に、晴雪はふと考え込む。

増上寺だけでなく、寛永寺も焼失している。

寛永寺の本堂は、ここよりさらに北東、鶯谷《うぐいすだに》のほうですでに再建されているが、他院のお堂を移築したりと、創建時にあった寛永寺本来の姿ではない。

つまり、鬼門と裏鬼門、この両方の要所が、万全の形ではなくなっているのだ。

……やはり道摩の血脈とやらが、帝都の結界に悪さを働いているのだろうか？

「なあ。こっちじゃないか？」

池を囲んでいる道の少し先で、菊丸が手招きして言った。

晴雪は、そこで我に返った。

気になることはあれども、まずは百鬼夜行の発生元の特定が先である。

「さすが鬼ですね。鼻がいい」

そう言って、晴雪は菊丸のあとを追った。

自分には感じられない微かな匂いが、菊丸には嗅ぎ分けられているのだろう……晴雪はそう感心したのだが、どうやら違ったらしい。

「いや、勘だけど」

「……またですか」

今の感心を返せ、と思いながら、晴雪は菊丸の示した方角へと歩いた。

あちらこちらと百鬼夜行の発生元を捜せど、いずこも怪しく見えるし、どのみち立ち止まったままでは何も見つからないのだ。

(ならば、菊丸の勘に従ってみましょうかね)

そう考えた晴雪は、不忍池を左手に見ながら、樹木が鬱蒼と生い茂る上野公園を菊丸と共に目指した。

上野公園の中を歩いていると、とりわけ暗い木陰や草陰に霊の姿が見える。

晴雪が見ているように、霊のほうも晴雪を見ている。

ふと、背後に霊が迫ってくる気配がして、晴雪は懐に手を差し入れた。霊符で弾き飛ばそうと考えたのだ。

だが、呪文を唱えようとしたその時、背後から霊の気配が薄れる。

晴雪が振り返ると、菊丸が両の手で霊を鷲掴《わしづか》みにし、さらに口にも咥《くわ》えていた。

シュウシュウと音を立てて、噛《か》みつかれた霊が小さくなってゆく。

「……菊丸。何を」

「もご……何をって、晴雪が襲われそうだったから」

菊丸は口に咥えていたものを吐き出して答えた。

それを見て、晴雪は片眉を上げた。懐から取り出した霊符を菊丸に見せる。

「いや、そんな雑魚に襲われたりしませんよ。これで一発ですし」

「使うの、もったいないだろ。それに、札がなくなったらどうするんだ」

「霊符なしでも戦う手段くらい持っています」

「ふーん。ああそうですか」

菊丸が、鼻白んだように言った。摑んでいた霊を、ぽいっ、と明後日《あさって》のほうに放り投げて解放する。

……嫌な言いかたをしたという自覚は、晴雪にもある。

しかし、鬼に対して感謝の言葉を述べるという行為に、晴雪は葛藤していた。

幼少の頃より鬼は悪だなんだと言われて育ってきたせいだ。

もちろん、いい鬼がいるのも理解しているが、鬼は滅せよ、という教えのほうが晴雪の中では優先される。菊丸に会った時に真っ先に調伏しようとしたのも、このせいだ。

生まれてこの方、二十年以上刷り込まれてきた価値観である。それを今になって変えるというのは、晴雪にはなかなか酷だった。

(受け入れがたいことばかりだ)

晴雪は無言のまま、上野公園の闇の中を進む。

今夜は満月ではないので、増上寺の中を歩いた夜よりもずっと暗い。

ガス灯の照らす場所はわずかばかりで、銅像や石像、お化けのように巨大な灯籠に大仏が、時折ぬっと現れる。普通の人間が歩けば、それらの影に悲鳴を上げることもあるだろう。

やがて上野公園の奥で、晴雪は足を止めた。

「ここは寛永寺の本堂があった場所ですね」

そこには、噴水のある小さな人工池があった。

この噴水は、明治期に博覧会が開催された際に造られたものだ。

池の奥には西洋の城のような帝室博物館が建っているが、寛永寺の本堂が建っていた形跡は、どこにもない。増上寺の焼け跡を前にした時のような侘《わび》しさが、コートを揺らす冷たい夜風と共に晴雪の胸を過った。

と、その時、晴雪はハッとした。

何やら強い匂いがしたからだ。

だが、嫌な匂いではない。蓮の花のような、瑞々《みずみず》しい香りだ。

(いや、蓮の花の香りではないはず……)

晴雪は、先ほど通り抜けてきた不忍池の様子を思い出す。

蓮の花が咲いていれば、夜闇の中でも浮き上がるようにして見えたはずだ。

けれど、池の上にそのようなものは見えなかった。何より、蓮の花が咲く季節は、もう少し先である。この時期に咲いていては、おかしい。

「これ、霊力の匂い、だよな？」

菊丸も不思議そうな顔で、晴雪に言った。

確かに霊力の匂いだ。だが、晴雪が嗅いだことのない、澄んだ香りだった。まるで神仏の周囲に漂う清澄な空気のようだ。

「……ここに何かがいることは、間違いないですね。百鬼夜行の発生元にも繋がるかもしれません」

「ってことは、この匂いをさせてるやつを見つければいいんだな」

「そういうことです」

晴雪と菊丸は、匂いの主を捜して、周囲を歩き回った。

だが、何も見つからない。

二手に分かれて範囲を広げて捜してみるも、手がかりのひとつもない。

「どうする、晴雪……？」

一刻ほど経った頃、木から落ちてきた菊丸がそう言った。木々の枝々を飛び移って、上からも捜していたらしい。

晴雪は腕を組んで「うーん……」と唸る。

この跡地が一番、匂いの強い場所だ。離れれば匂いは薄まり、近づけば濃くなる。だというのに、一向に匂いの発生元にたどり着けない。

もっと簡単に見つかると思っていたのだが……。

「……今日はもう帰りましょう。このまま捜していても、埒《らち》が明きませんし」

「帰ったところで、埒が明くのか？」

菊丸が疲れたように肩を竦めた。

その場から歩き出した晴雪は、数歩のところで菊丸を振り返り、言った。

「それを明かすのが、陰陽師としての腕の見せどころというものですよ」


晴雪は子爵邸の離れに戻ったあと、文机の上に占術道具を引っ張り出した。

陰陽師が扱う占術に、〝奇門遁甲《きもんとんこう》〟という方位に関する吉凶を占うものがある。

これを使って、百鬼夜行の発生場所と、上野公園の香りの主がいる場所について占うことにしたのだ。特に後者については、どのようにすれば主のもとにたどり着けるのか、その方法についても占った。

そして、どちらの捜し求めていた場所も、昨晩うろついた辺りであることが分かった。

「……よし。明日はもう一度、上野公園に向かいましょう」

方針を決めて、晴雪は就寝することにした。

ふと、隣の部屋を見て、おや、と晴雪は思った。

菊丸は、すでに眠っていた。

疲れ知らずのはずの鬼にも、夜、眠気が訪れることはあるらしい。

なんだか珍しいものを見た気がして、晴雪は思わず笑みを浮かべながら、部屋を照らしていたランプの中の火を吹き消した。


ふと気づいた菊丸は、炎の海の中に立っていた。

頬がじりじりと焼ける。何かが焦げる不快な匂いが鼻を掠《かす》める。

熱い。熱い。熱い。

どこかに逃げ場はないか。

ない。

四方八方を見渡せど、立ち上る火柱と燃え盛る瓦礫が、行く手を塞いでいる。

いつの間にか、目の前に誰かがひとり、立っている。

男だ。

子どもの自分より背が高い、大人の男。

……陰陽師だ、と菊丸は思った。なぜかそれを知っていた。

不意に、声が聞こえた。

『殺せ』と。

何度も何度も、その不気味な声は聞こえてくる。

『そいつを殺せ』

その声から逃れたくて、菊丸は耳を塞ごうとした。

その時、視界に入った己の手を見て、我が目を疑う。

人間の手だと思っていたその指先が、到底、人間のものとは言えぬような鋭い鉤爪を備えていた。

それを認識した途端に、声が近くなる。

『殺せ……陰陽師を殺せ……』

炎の海が四方八方から迫ってくる。

早く殺せと急かすように。

目の前の男を。陰陽師を。

『殺せ。さすれば、お前は、真の鬼と成るだろう』

――菊丸はハッとして目覚めた。

背筋に、じっとりとした汗を感じる。

「……嫌な夢を見た」

はあ、とため息をつきながら、菊丸は髪を掻き上げた。

指先に絡んだ髪束は、派手な金色に戻っている。夢のせいだろうか。

菊丸は深呼吸をして、気を鎮める。

すると、髪の色は地味な黒へと落ち着くように色を変えていった。どうやら、晴雪にかけられた術は、解けたわけではないらしい。一時的に変化の膜は剝がれても、霊力の発露を抑えることで再び戻ってくるようだ。

ほっとして、菊丸は深く息をついた。

十数年に一度、見る夢だった。

（あの陰陽師って、道摩の血脈のことだよな……）

夢の内容を思い出して、菊丸は顔を険しくする。

夢は、道摩の血脈を殺す前から見ていた。

夢の中で自分が殺す陰陽師は、自分より背の高い男だということが分かるだけで、おぼろげではっきりとその姿を見ることはできない。だから、自分が誰を殺せと言われているのかも分からない。

(道摩の血脈なら、あの写真のやつかな……)

道摩の血脈の最後のひとり。百年前から姿が変わらぬ、不老の陰陽師。

それを殺したら真の鬼になるというのか……。

(なんだよそれ……俺はもう、とっくに鬼だっていうのに)

ふと、菊丸は奥の部屋に目をやった。

襖《ふすま》一枚で隔てたそこには、晴雪が眠っている。

不意に、夢に出てきた男と晴雪が重なる。

(陰陽師……)

菊丸はぶんぶんと頭を横に振った。

(違う。あいつは、道摩の血脈じゃない……殺さなくていい陰陽師だ)

じわりと滲んだ不快な予感を振り払うように、菊丸は深呼吸を繰り返す。

そうして気持ちが落ち着いた頃、くう、と腹の虫が鳴いた。

「あ……そういや腹減ったな……」

昨晩は晴雪と一緒にいた手前、あまり喰えていなかった。

それを思い出した菊丸は、まだ隣室で眠っている晴雪を起こさぬよう、ひとり気配を殺して外に出る。

そうして、〝いつもの餌場〟へと向かうのだった。


翌日の昼、晴雪はひとり、上野公園へと向かった。

本来ならば菊丸と共に向かう予定だったのだ。しかし、

(菊丸のやつ、一体どこへ行った？)

周囲にその姿を捜しながら、晴雪は昨晩通った道を使って上野公園を目指す。

晴雪が起きた時には、菊丸の姿はすでになかった。邸宅の庭を捜しても、まったく見当たらなかったのだ。

(まったく……一言、言っていけばいいものを)

振り回されているような気がして、晴雪は少しいらついてしまう。

合流したら、ちくりと言ってやろう……そう思っていたのだが、結局、菊丸は晴雪の行く手に現れなかった。

たどり着いた昼の上野公園は、人通りも多く賑やかだった。

暗く静まり返った夜とは異なり、鳥たちが美しい声で囀《さえず》っている。園内は爽やかな陽の気に満ちていた。

風光明媚《ふうこうめいび》な場所を眺めつつ、晴雪は占いの結果に示された場所へと足を向ける。

まず、百鬼夜行の発生場所は、不忍池だった。

晴雪も菊丸も、昨晩はこの池の傍らを通っている。だというのにここだと気づかなかったのは、異常が見当たらなかったからだ。占いによれば、百鬼夜行が現れる瞬間だけ場の気が歪《ゆが》むようである。

晴雪は不忍池の水面《みなも》をじっと眺める。

(〝表〟側からは、手の施しようがないですね。となると……)

池から視線を外し、晴雪はその場を離れた。

緩んでしまった鬼門封じに対処せねばならないが、好き勝手に場を弄《いじ》ることができない表の世界での対処は難しい。だが、裏の世界ならば、それが可能だ。

そして、件《くだん》の香りの主も、その裏の世界にいるらしいことを占いが示していた。

そこで晴雪が不忍池の次に向かったのは、寛永寺本堂の跡地に造られた大噴水のある人口池——ではなく、帝室博物館の入り口に立つ古い門。

これは元々、寛永寺の表門だったものだ。

それが移設されて、現在はここに建っているのだった。

この表門は、寛永寺が焼け落ちた際に残った、数少ない建造物である。寛永寺が焼失した原因はこの地で内戦が起きたからだが、その時に撃たれた銃弾の痕がこの門には刻まれたまま残されている。

晴雪はその門の前に立ち、背筋を正した。

周囲に人がいないことを確かめると、その場で〝反閇《へんばい》〟を行う。

反閇とは、大地を踏みしめるように行う呪術的な歩行法のことだ。陰陽師は、邪気払いや護身、場の浄化、心身を正すためにこれを行う。

反閇を行うと同時に、晴雪は持ってきた米を撒《ま》いた。

これは〝散供《さんぐ》〟というもので、魔除け厄払いの効果がある。

反閇と散供の儀式を行う理由は、ひとつ。これを行うことで、香りの主のもとへ行くための門が開くと、占いの結果が示したからだ。

儀式を終えたのち、晴雪はその表門を潜《くぐ》った。

薄い光の膜を抜けたと思った次の瞬間、晴雪の目の前に荘厳な寺院がいくつも建ち並ぶ景色が現れた。

「ああ、ここが……」

周囲を見渡して、晴雪はぽつりと呟く。

澄んだ空気をゆっくりと吸い込んで、晴雪は深々と吐き出した。

「……上野公園の、裏の世界、ですね」

現世《うつしよ》と幽世《かくりよ》とに挟まれるようにして存在する異界。

しかし裏の世界には、いつでもどこでも入れるわけではない。

その地に応じた入り口や条件が必要で、かつ、周囲から切り離されたように閉じた場所というものもある。閉じた場所には、特定の入り口からしか入れない。

そして、この上野公園の裏世界の入り口は、あの寛永寺の表門のようだった。

(表とは景色がまったく違う……)

門を背にして奥へと進みながら、晴雪は辺りの景色を眺める。

西洋風の構造物が交じり合った表の世界に対し、この裏の世界はまるで古寺の境内のような姿をしていた。

周囲に鬱蒼と茂っていた森はなく、松の木が彩る開けた道が続く。

境内に植えられている桜の木も、松の茂み越しに見える不忍池の蓮の花も、季節を無視して見事に咲いている。

門は、移設される前にあった参道の入り口に繋がっていたらしい。晴雪が歩いている道は、表の世界では公園の入り口とされている場所のようだった。

（恐らく、これが、一番美しかった時の寛永寺の姿なのでしょうね）

焼失したはずの楼閣が、建ったままの姿で晴雪を迎え入れる。

そのまま進んでいくと、やがて人工池があったはずの場所にたどり着いた。

そこには、池も噴水もない。

代わりに晴雪の前にあったのは、荘厳華麗なお堂である。

瑠璃殿とも呼ばれていたという、本来の寛永寺本堂だ。

「これは、これは……」

本堂を見上げて、晴雪は思わず感嘆の息を漏らした。

江戸の鬼門を封じるに相応《ふさわ》しい、迫力のあるお堂だ。

傍らで空に向かってしなやかに伸びた竹が、そよそよと風に葉を揺らしている。その笹が擦《こす》れる音に満ちた風に、不意に甘やかな香りが混じった。

霊力の匂いだ。

それに気づき、晴雪ははっと振り返る。

背後に、美しい女が立っていた。

黒く艶やかな長い髪を簪《かんざし》で緩くまとめた女は、上野の桜を集めたような薄紅色の着物をまとい、鮮やかな臙脂色《えんじいろ》の日傘を差していた。

晴雪と同じ年頃のように見える。

だが、女の放つ気配が、そうではないことを示していた。

——人ではない。

警戒する晴雪に、女はにこりと微笑んだ。

「ごきげんよう」

話しかけてきた女に、晴雪は何と答えるべきか迷った。

返事をしただけで凶事が起きる妖怪の類の話は、古今東西、数えればキリがない。それゆえ、判断に迷った。

菊丸の時とは違う。

あまりに人間のようなので、相手が何者かまるで分からないのだ。

「あの……私、何もしないわよ？　えっと……あなた、陰陽師なのよね？」

晴雪が黙っていると、女は困惑した様子で苦笑した。

「……ええ。そうです」

「よかった！　これで鬼門をどうにかしてもらえるわね」

そう言って女は胸を撫で下ろした。

晴雪は目を瞬く。

「鬼門をどうにか……ということは、あなたは鬼門の異変について知っているのですか？」

「ええ。鬼門が開きそうで困っていたのよ。これまで私が抑えていたのだけど、消耗戦になっていて、ちょっと大変だったの」

「あなたが抑えていた……？」

まさか、この地を護る神仏の類だろうか。

そう考えた晴雪に、女は笑顔で言った。

「ああ、まずは名乗らなきゃね。私は、鈴子《すずこ》。かつて鈴鹿御前《すずかごぜん》と呼ばれた鬼よ」

現れた女の名乗りを聞いて、晴雪は固まってしまった。

鈴鹿御前といえば、伝説の鬼姫である。

数々の伝承の中では、彼女を天女や女神、あるいは女盗賊とするような話も存在する。

だが、晴雪は鬼として記憶していた。陰陽寮でも、そのような扱いになっている。

何より目の前の彼女——鈴子は今、確かに鬼だと名乗った。

(とんでもない大物が潜んでいたものだ……)

晴雪は、くらりと眩暈を覚えた。

だが、幸いなことに、彼女は敵ではないらしい。

もし戦うようなことがあれば、一介の陰陽師では赤子の手を捻るどころか、象が蟻《あり》を踏み潰すようにやられてしまうだろう。彼女は、そういう相手なのだ。

「あなたは？」

促された晴雪はハッとして、被っていた帽子を取り、その場に跪《ひざまず》いた。

とんでもない大物を前にした態度ではなかったことに、ようやく気づいたのだ。

「申し遅れました。土御門晴雪と申します。陰陽寮からこの地に派遣されておりまして、この地では便宜上、安倍晴雪と名乗っており——」

「ああ、堅苦しいのはやめてちょうだい。どうか肩の力は抜いて。ね？」

鈴鹿御前は、晴雪の緊張を散らすように手を振る。

それからわずかに考えて、小首を傾げた。

「土御門……ってことは、晴明の子孫かしら？」

「晴明をご存じなのですか」

「知ってるわ。お互いに面識もあったけど……ふうん」

鈴子は、立ち上がった晴雪をまじまじと見た。

晴雪のつま先から頭のてっぺんまで眺めたあと、何かに納得したように頷く。

「あなた、晴明に似ているわね」

「そうなのですか」

「ええ。背が高くてすらりとしているところも、呆れるくらい見た目がいいのも……でも、特に匂いがそっくりだわ」

「匂い……覚えているのですか？」

「あら。匂いというのが一番記憶に残るものよ。経験上ね」

平安時代からの話が残っている、伝説の鬼の経験である。

千年以上生きた者の経験上、ということだ。つまり、彼女の言うとおりなのだろう。

「この蓮の花に似た香りは、あなたの霊力の匂いですね」

「あら。そういう風に香るの？」

「ええ。鬼というより、神仏に近く感じます」

「ふふっ、晴明にもおんなじことを言われたわ。あなたも鼻がいいのね」

「……恐れ入ります」

「晴明とは、敵ではなかった。だから安心して」

晴雪が懸念を覚えていたことについて、鈴子は先に答えた。

しかし、言われずとも、そうであっただろうことは想像できた。彼女からは、晴明に対する嫌悪の感情は微塵も伝わってこない。

「私が暴れていた時期と、晴明が活躍していた時期は重なっていないのよ」

「ああ、なるほど」

その説明に、晴雪は納得した。

鈴鹿御前に関する伝説は、晴明が生きていたとされる年代より百年以上時期が早い。

「あなたは鬼だと言いましたが、こうして話していると鬼には思えません。失礼ですが、角も見えないし」

鬼に特徴的な、額に生えた角。

それが鈴子には見当たらない。

「見た目ではないのよ」

指摘した晴雪に、鈴子は口角を上げた。

「私という存在は、伝承によって天女、女神、盗賊の頭、鬼と、立場が違うわ。でも、どれも真実なのよね。私は、いくつもの魂が交ざり合った存在だから」

「それは……神仏が習合したようなものでしょうか」

晴雪の言葉に「そうね」と鈴子は頷いた。

神仏習合とは、簡単に言えば、神道と仏教が交じり合った状態・現象のことだ。

これにより、たとえば仏教の天尊である弁財天と、神道の神である市杵嶋姫命《いちきしまひめのみこと》は同一視されるようになった。

つまり、数々の伝承が交じり合って、今の鈴鹿御前になっているということだ。

「でも、それならなぜ鬼を名乗ってらっしゃるのです？」

「この時代において、人ではないものが人の中で生きるのに、一番適しているから、かしら」

鈴子は、持ち上げた自分の手を眺める。

白魚のような指先には、桜貝のような爪。菊丸にあったような鉤爪ではない。

「神や仏は、昔は人の姿で現れたりもできたんだけど、今はお国のあれやこれやのせいで、現世に顕現するような力は失われてしまったのよね。ほら、あなたたち陰陽師も似たようなものでしょう？」

「ああ……まあ、煽《あお》りは確実に受けてますね」

「でも、鬼は未だに強い。血と肉と骨を得て、現世に顕現できる」

鈴子が自分を〝鬼〟と定義した理由に、晴雪は納得した。

人々の間から神仏への篤い信仰心は失われても、欲望や怨恨、妬み嫉《そね》み、怒り悲しみ……そういった負の感情は、時代を経たところでなくならない。むしろ世代を重ねるごとに積み重なってゆくほうが、消えゆくものより多いかもしれない。

そして、負の感情が多い世の中では、鬼や怨霊は力を増す。

だが、今でも陰陽師はそれらに対抗できている。

対抗するための呪術体系が確立しているからだ。

曖昧な祈りや念を形ある力に換える、その方法を、陰陽師は長い年月の中でも失うことなく後世に引き継いできた。そのおかげで神仏の力が弱まってしまった今の時代でも、鬼と戦うことができるのである。

「なるほど。あなたの魂は鬼ではないが、身体は今の世でも強い鬼を選んだ、と」

「そう思ってもらっていいわ。表に見えている身体と、裏に隠れている心や魂。それらが揃って私という存在だということね……まあ、魂にはもちろん鬼の部分も含まれてはいるのだけど」

「……心得ておきます」

意味ありげに微笑んだ鈴子に、晴雪はそう言って頷いた。

万物は、陰と陽とで成り立っている。それを陰陽師はよく知っている。

見えているものだけが真実とは限らないということだ。この世界が、表の世界と裏の世界で成り立っているように。

晴雪は今それを改めて教えられたようだった。

「……あの、鈴鹿御前様」

「鈴子と呼んでくださる？」

「鈴子様」

「鈴子さん、くらいで」

真面目な顔で彼女――鈴子は言った。

伝説の鬼との会話が締まらず、何だか調子がおかしくなる、と晴雪は思った。

正直、名前はどうでもいいのだが、相手が相手だ。不敬があってはならない。気を取り直して話す。

「では、鈴子さん。お尋ねします」

「どうぞ」

「開きそうになっていたこの地の鬼門を、あなたが抑えてくださっていた……それは、なぜですか？　いえ、もっと言えば、なぜあなたはこの地にいらっしゃるのです？」

「長生きしていると、暇なのよね」

え、と晴雪は思わず声に出してしまう。

ふざけているのか、と思ったのだが、鈴子は至って真面目に答えたようだ。

「その……暇だから、この帝都を護ってくださっているというのは……それは、なんというか……」

「酔狂？　変人？　あ、私の場合は、変な鬼か」

「……皆までは言わずにおいたのですが」

「まあ、普通はそう思うわよね」

ふふっ、と鈴子が楽しそうに笑う。

呆れている晴雪の様子がおかしいようだ。

「ひとつ。寛永寺が燃えた時に亡くなった人たちがいるんだけど、それを弔ってくれたのが、私の愛した人が開いたお寺でね。だから私も、この地が安らかになる手伝いをしたいって思ったのよ」

「あなたの愛した……田村《たむら》将軍ですね」

伝承の中の鈴鹿御前には、夫がいた。生前は言わずもがな、死してなお京の都の守護神として祀られている坂上田村麻呂《さかのうえのたむらまろ》だ。

夫婦で鬼退治をした逸話まで残っているので、その仲睦《なかむつ》まじさは窺える。

その夫との縁ならば、彼女がこの地を護ろうとしてもおかしくはない、と晴雪は思った。

だが、彼女は『ひとつ』と言った。

「ふたつめの理由もあるのですか？」

「ええ。もうひとつね……晴雪。あなたは、未来について考えることはある？」

「未来？」

突然の問いに、晴雪はとっさに答えが出てこない。

鈴子は、言葉が足りなかったと思ったらしい。

「ええと……あなたの将来、と言ったほうがいいかしら」

「死にますね」

「……ちょっと。私は明るい未来の話をして欲しいのよ」

「未来の前に、来年のことを言えば鬼が笑うのでは？」

「楽しいお話なら笑うんじゃないかしら？」

皮肉が効かず、晴雪は気まずくなった。

加えて、鈴子から鬼としての圧を感じたので、晴雪は真剣に考えることにした。相手が相手だ。怒らせたくはない。

しかし思いつかずに、晴雪は途方に暮れた。

(未来のことなど、今まで考えたことがないのですよね……)

考えることに意味がなかったからだ。

自分は、自分のために生まれたわけではない。

自分が生まれる前から理由のほうが先にあって、それが自分よりも優先される。そう思って生きてきたから……。

「……鈴子さん。逆に伺いますが、あなたは未来のことを考えるのですか？」

「考えるわよ」

もちろん、というように鈴子は強く頷いた。

「それは、どんな――」

「秘密」

晴雪の問いを遮るように、鈴子はそう言って微笑んだ。

「でも、未来の私も、この場所にいるつもりなの。だから、私はここを護っている。私は、私の未来を護っているの。それが、あなたの質問へのふたつめの答え……どう？

あなたの懸念は晴れて？」

「……なるほど。あなたがこの地を護ろうとしていることは伝わりました」

「よかった。それじゃ、陰陽師のあなたに、お願いしてもいいかしらね」

言って、鈴子は踵を返す。

日傘が彼女の動きに合わせて、くるりと一緒に回る。

その傘を差した肩越しに振り向き、鈴子は晴雪に言った。

「付いてきて。こちらからなら、鬼門封じができると思うわ」

言うなり背を向けて歩いていく鈴子。

晴雪は遅れないよう、彼女についていくことにした。


鈴子が晴雪を案内したのは、不忍池、辯天堂のある中之島だった。

その中之島の縁に立ち、晴雪は池を見渡す。

「こちらから見ると、一目瞭然ですね……」

はあ、と晴雪は思わずため息をついてしまった。

ここが百鬼夜行の発生場所だということは、表の世界でも分かることだった。場に歪みが生じているのが確認できたからだ。だが、常に場に歪みが生じているわけではなかった。

対して、裏の世界の不忍池は、常時、異常だった。

晴雪が門から本堂へ向かっている時には松の茂みでよく見えなかったが、近くで見た池は不気味に波打っていた。跳ねた水面の形が、まるで、水底からたくさんの人間が、天に縋《すが》ろうと手を突き出しているように見える。

晴雪は思わず、池から距離を取ろうと身を引いてしまう。

「どうしてこのようになっているか、鈴子さんはご存じですか？」

「馬鹿な陰陽師どもが、この地に眠っていた怨霊たちを刺激しちゃったという感じかしら。その怨霊たちが暴れているせいで、時々、鬼門に歪みが生じて、表に百鬼夜行が漏れ出ちゃうみたいなのよね」

「馬鹿な陰陽師ども？」

「ええ。〝道摩の血脈〟だなんて名乗ってるみたい」

鈴子が口にしたその名に、晴雪は思わず彼女の顔を見た。

それまで穏やかだった鈴子が、険しい表情になっている。

「道摩の血脈をご存じなのですか？」

「あら。晴雪も知っているのね」

「詳しくはないのですが、ゆくえを追っている連れ合いがおりまして……鈴子さんは、居所をご存じありませんか？」

「残念ながら」

鈴子が申し訳なさそうに首を横に振った。

それから、おどろおどろしく暴れる池の水面を睨む。

「私が知っているのは、その道摩の血脈ってやつらが、この帝都の結界をめちゃくちゃにしようとしているってことくらいね。ここから出ていった百鬼夜行が、神田明神のほうに向かってるみたいだし」

「神田明神……」

晴雪は帝都調査の最中に回った神社を思い出す。

ここ不忍池の南西、宮城との間に建つ、古く歴史のある神社である。

神田明神は〝江戸総鎮守〟と称えられてきた。つまり、江戸全体を守護している神社ということだ。この寛永寺と同じく、鬼門封じの役目も担っている。

その強大な守護の力は、神社が祀っている存在の大きさにあった。

「……あちらでは確か、将門《まさかど》公をお祀りしていましたね」

朝廷に反逆し、平安京の七条河原《しちじょうがわら》にその首を晒された悲劇の将軍。平将門。

その斬り落とされた首が飛んできたという場所が、神田明神の近くにあった。

「将門公の首が眠る塚は、確か神社から宮城のほうへ……」

そこまで言って、晴雪はふと気づいた。

首塚は、神田明神よりも、宮城にずっと近い。

「……あの百鬼夜行が向かっていたのは、首塚だった？」

首塚は、そこに封じられた力の大きさゆえに、帝都の結界を構成する上で要となっている場所のひとつである。

晴雪は百鬼夜行の発生元を占った際、それらが向かっていた場所についても一緒に占っていた。宮城のほうへ向かっているように見えたが、首塚があるのはそれを囲むお濠の目と鼻の先である。

「やはり、道摩の血脈が帝都の結界を破ろうとしているのか……」

「首塚のある場所なんだけどね。江戸時代には、播磨姫路藩《はりまひめじはん》の藩主のお屋敷があったそうよ」

晴雪の呟きに、鈴子がそう答えた。

その言葉に、晴雪は信じられない気持ちで鈴子の顔を見る。

「……播磨は、優秀な陰陽師を排出していた地です」

「ええ、そうだったわね。特に有名な者は、名を――」

「蘆屋道満」

その名を口にして、晴雪は考え込む。

この符号は、蘆屋道満が帝都の人間を鬼にしようとしているということだろうか。

だが、それには違和感があった。

晴雪が知っている道満の人物像からは、そのような大層なことを企てるようには思えなかったからだ。

「道満は、変わり者ではあったけれど、悪い者ではなかったわよ」

晴雪の思考が読めるのか、相槌を打つように鈴子が言った。

彼女は過去のことを思い出すように宙を見つめている。

「晴明への対抗心はあれど、あの者の本質は悪ではなかったわ」

「鈴子さんは、道満をご存じなのですか？」

「口説かれたことがあるの」

思ってもいなかった返答だった。

晴雪は鳩《はと》が豆鉄砲を食ったような顔になってしまう。

「え……そ、それはよく知ったご関係だったのですね」

「いいえ、それほどではないわ。道満は惚《ほ》れっぽい人だったのよ。それに、晴明に負けたくない一心で、鬼だった私を式神にしたかったのでしょうね。いつも晴明に張り合っていたようだから」

うふふ、と鈴子が楽しそうに微笑んだ。

十二神将という鬼神を式神にしていた晴明に張り合って、伝説の鬼を式神に……ということなら、晴雪の知る道満の人物像とも一致する。確かにやりかねない。

「その道満の人柄を考えると、いよいよ訳が分からないのですが……道摩の血脈は彼の子孫や弟子なのでしょうか？」

「私は、違う気がするけど」

うーん、と唸りながら鈴子は言った。

「彼の子孫や弟子は、私も何人か知っているわ。蘆屋の名を継ぐ者もいたし……でも皆、気質的に孤軍奮闘を好むというか、〝血脈〟などと称して群れるような者たちではなかった」

鈴子の言うことは、晴雪にも何となく分かった。

道満自身が、群れることを嫌う人物のようだったからだ。

晴雪が知る限り、晴明のことも陰陽寮の犬だなんだと馬鹿にしていたらしい。それゆえ、道摩の血脈と道満の印象が、晴雪の中で重ならないのである。

「朝廷側の晴明がそうだったように、在野にいた道満も、陰陽師たちが憧れを向ける存在だったたじゃない？　正義の晴明と悪の道満というのは、長い間、人々に語り継がれていくうちにできあがった印象の一面でしかないし……道摩の血脈とやらも、道満の妖しげな魅力に惹《ひ》かれた者たちなんじゃないかしら」

「道満の本質も理解せずに、馬鹿げたことを……」

晴雪はため息をついた。

呆れよりも、怒りのような感情が湧いている。

道満は陰陽師だったが、僧侶であり医者でもあったという。

人々のために尽力し、地元の人々に慕われていた一面もあるのだ。彼が悪役の伝承は数多いとはいえ、彼の名を悪逆非道な集団の旗印にしていいわけではない。そう晴雪の中のどこかが訴える。

「本質、ね。あなたの言ってること、分かる気がするわ」

鈴子が、ふっと表情を柔らかくした。

「晴明を超える呪術を生み出す――それが道満が目指したものだったらしいじゃない。その純粋な想いが、時を経て、人を経て……そうして、間違った形に歪んでしまったんじゃないかしら」

「その歪んだ思想で集まった集団が、道摩の血脈と名乗っている、と……」

晴雪は、噛みしめるように言った。

いい加減な伝聞、都合のいい解釈……そんな不確かなものの上にできた危険思想の集団が、道摩の血脈なのかもしれない。

それを理解し、うん、とひとつ頷き、

「迷惑極まりないな」

吐き捨てるように言った。

放っておくと際限なく罵詈雑言《ばりぞうごん》が口から出てきそうだったので、晴雪は深呼吸をする。

そうして心を落ち着かせると、不忍池に向き直った。

「……とりあえず陰陽師として、迷惑行為の後始末をします」

「ありがとう、助かるわ。鬼門を抑えている間、ここを離れられなくて困っていたのよ……ああ。ちょっと待って」

言って、鈴子は差していた日傘を閉じた。

それから、その先端を地面に、とん、と当てる。

すると日傘が眩い光を放ち――やがて鈴子の手の中で、鞘《さや》に収まった一本の刀にその形を変えた。

「三明《さんみょう》の剣がひと振り、〝顕明連《けんみょうれん》〟よ。使ってちょうだい」

「いやあの…………伝説の宝剣、ですよね。これ」

差し出された刀を見て、晴雪は目元を引きつらせる。

鬼を切った伝説、鬼が持っていた伝説と、彼女の登場する伝承により違いはあれど、少なくとも軽く渡されていい代物ではない。

「陰陽師が儀式に使えば、鬼に金棒じゃない？」

「それを鬼に言われると不思議な気持ちになりますね……あぁー……」

受け取らされた瞬間、晴雪の口から自然と声が漏れた。

膨大な霊力の塊を受け取ったようだった。

手のひらを通して晴雪の身体の中にも流れ込んでくる。清流のような、すきっとした心地よい力だ。

（……確かに、儀式にはこの上ない呪具です）

晴雪は柄《つか》を摑み、鞘から刀を引き抜いた。

美しく研ぎ澄まされた刀の切っ先を波打つ水面へと向ける。

それから、心を鎮め、大祓の祝詞を唱えた。

「高天原《たかまのはら》に神留《かむづま》り坐《ま》す　皇親《すめらがむつ》　神漏岐《かむろぎ》　神漏美《かむろみ》の命《みこと》以《も》ちて
八百萬神等《やおよろずのかみたち》を　神集えに集え賜い　神議《かみはか》りに議り賜いて
我《あ》が皇御孫命《すめみまのみこと》は　豊葦原瑞穂國《とよあしはらのみづほのくに》を　安國《やすくに》と平けく
知《し》ろし食《め》せと　事依《ことよ》さし奉《まつ》りき――」

晴雪は心を鎮めたまま、長い祝詞を滔々《とうとう》と奏上する。

不吉に波打っていた水面も、晴雪の心に同調するように、徐々に鎮まっていく。

そうして祝詞が終わる頃には、池の水面は完全に凪《な》いだ。

禍々しい霊力は、もう池から漏れ出てはいない。無事に鬼門を封じることができたようだった。

「明鏡止水。見事ね」

日差しを照り返す池を見て、鈴子が称賛の拍手をする。

晴雪は刀を鞘に戻して、鈴子に捧げ返した。

「恐れ入ります……ですが、すんなりいったのは、この宝剣のおかげかと」

「いいえ。あなたの力がなければ、宝剣も力を発揮できないわ。この時代にも、腕のいい陰陽師がいるのね。安心したわ」

「こちらこそ、あなたのような鬼がいてくださって助かりました」

晴雪の感謝の言葉に、刀を受け取った鈴子が満足げに微笑む。

「鬼にだって、いい鬼はいるのよ？」

「心得ていたつもりではあるのですが、此度《こたび》の件で実感が伴いました」

「鬼はよく悪者扱いされているけど……ほら。あの寛永寺なんか、節分でも『鬼は外』って禁句なのよ」

言って、鈴子は先ほどいた寛永寺のほうを見遣る。

「鬼は外、が禁句ですか……」

「あそこは、鬼を鬼門の門番として扱ってくれているお寺なの。門番の鬼がいなくなっては困るでしょう？」

「それは、確かに」

晴雪は深く首肯した。

鈴子が――ここで門番をしてくれていた鬼がいなかったら、すでに帝都は大変なことになっていたかもしれない。

「鈴子さん。ご助力、感謝致します」

鬼門を封じた晴雪は、鈴子に助力の礼を言い、表の世界へと戻ることにした。

「ええ。また何かあったら力になるわ。あなたも助けてね」

「承知しました。では――」

「晴雪」

来た時に潜ってきた門に向かおうとしていた晴雪は、呼び止められて立ち止まる。

振り返ると、鈴子が真剣な顔でこちらを見ていた。

「鬼である私からの助言よ。もし違和感を抱いていることがあれば、無視しないこと。あなたは少し理性的だから、〝勘〟を無視してしまうのではと感じたわ。道摩の血脈を捜しているなら、違和感の残り香を追いなさい。あなたにならそれができるはず」

「……分かりました」

「それと、もうひとつ」

一拍置くように言って、鈴子はふっと微笑んだ。

「鬼にもいろいろいるわ。人を憎んでいる鬼もいれば、人を愛している鬼もいる……だから、一概に嫌わないであげてちょうだいね」

鈴子はそう優しい口調で言った。

彼女が菊丸のことを言っているのだろうということは、晴雪にもすぐに分かった。

「……鈴子さん。あなたは読心術でも使えるのですか？」

「悪い癖よね。長生きしてると、こういうこともできるようになっちゃって」

口ではそう言えども、鈴子に悪びれた様子はない。

晴雪も、相手が相手な時点で諦めていた。相手はもはや神仏だと思えば、心を読まれたところで腹も立たない。

そう思ったことすら、読まれたのだろう。

「そういえば、さっきあなたに尋ねた〝未来〟についての話なんだけどね」

鈴子は、少し困ったような笑みを浮かべて言った。

「あなたの人生は、あなたのものよ」

「…………ありがとうございます」

鈴子に一言そう伝えると、晴雪は一礼し、門を潜って表の世界へと戻った。

裏の世界の山奥のような澄み切った静けさとは違い、表の上野公園には賑やかな気配が満ちている。

不忍池を眺める。こちら側にも嫌な気配はもうない。
それを確かめながら、晴雪はしばし伝説の鬼と交わした言葉について考えるのだった。
鬼のこと。菊丸のこと。道摩の血脈のこと。
……そして、〝土御門晴雪〟という己のことを。

鬼門と裏鬼門

東西南北を四方とし、これをさらに分けると八方になる。

この八方のうち、時刻でいえば丑三つ刻のあたりに相当する北東は鬼や死霊といった邪気が入り込む『鬼門』、その正反対に当たる南西は鬼門からの邪気が抜けてゆく『裏鬼門』と呼ばれている。

ふたつの対となるこれらの方位は、縁起が悪く忌まわしき凶の方角とされてきた。

同時に、それは無視できぬ要所だったということでもある。

平安京や江戸では、その鬼門封じに、神社仏閣が建てられた。

寛永寺

江戸城から見て北東・鬼門に建つ徳川家の菩提寺。

明治期に起きた内戦である戊辰《ぼしん》戦争の際に戦場となり、その巨大な伽藍《がらん》群の大半が焼失してしまった。寺自体は近隣に移転し存続しているが、元々あった広大な敷地は縮小され、焼失した本堂跡地を含むそのほとんどが上野公園となった。

この寛永寺では、鬼が鬼門で門番をしていると考えられている。

それは鏡の中で鬼に姿を変えて疫病神を退散させたという慈恵大《じえだい》師《し》という平安の高僧が、お堂のひとつに祀られているためだ。

神田明神と呼ばれる神社が近くにあり、こちらも鬼門を封じる要所である。

増上寺

江戸城から見て南西・裏鬼門に建つ、こちらも徳川家の菩提寺。

元々は別の地に建っていた歴史と由緒のある寺で、徳川家に取り立てられた際に現在の土地に移転した。増上寺も明治維新後に敷地が大幅に縮小されているが、江戸から大正に号が変わってなお、東京を鎮護する地とされている。

寛永寺と神田明神のように、こちらは徳川家の産土神《うぶすながみ》を祀る日枝《ひえ》神社が近くにあり、裏鬼門封じとなっている。

第四章　道摩の血脈

上野公園・寛永寺の鬼門を封じた晴雪は、神田明神と将門公の首塚を参詣してから子爵邸に戻った。

邸宅の門を潜り、離れへと向かう。

すると、そこで声をかけられた。

「ごきげんよう、安倍様」

加藤子爵である。

爽やかな笑顔で近寄ってきた子爵に、晴雪は帽子を取って頭を下げた。

「こちらでの暮らし、何かご不便はございませんか？」

「いえ、まったく。おかげさまで不自由なく過ごせております」

「そうですか。お食事なども、きちんと召し上がられていますか？」

「え、ええ。大丈夫ですよ。もちろん」

晴雪は、思わず身構えた。

食い散らかされた果樹の話について、咎められるのではと思ったからだ。犯人は菊丸だが、正直に言えばややこしくなる。

だが、子爵は特にそれには触れず、代わりに別の話題に触れた。

「離れのほうに、変わった鳥が来ておりましてね」

「鳥ですか」

「ウグイスに似ているのですが、一回り大きく、身体は金、頭は黒と、あまりこの辺では見かけぬ鳥だったもので……ああ、ほら。あそこに」

晴雪は子爵の示した先を見た。

離れの屋根の上に、確かに鳥が一羽、留まっている。

(あれは――)

晴雪は目を凝らす。

その視線に気づいてか、鳥はパッと屋根の向こうに降りるようにして、姿を隠してしまった。

「おや。行ってしまわれましたな」

子爵が残念そうに肩を竦めた。

それから子爵は、晴雪に向き直り会釈する。

「では。何か困ったことがあれば、いつでも母屋のほうへお越しください」

「お心遣い、常々、感謝申し上げます」

去ってゆく子爵に、晴雪はその場で頭を下げた。

やがて子爵は庭木の向こうに見えなくなった。気が利くいい人だ、と晴雪は感じ入る。

「……さて、と」

周囲に人気がなくなったのを確認した晴雪は、急ぎ、鳥が消えた離れの向こう側へと向かう。そちらは離れの縁側に面した茶庭だ。

静かな緑の景観の中に、石灯籠が立っている。

金色の鳥は、その上に留まっていた。

「やはり、おじ上の式神か」

見覚えのある鳥に、晴雪はそっと手を差し出す。

晴雪の手に乗った鳥は、羽を膨らませるようにして、ぶるり、と身体を震わせると、その瞬間、晴雪の手の中で一通の書簡になった。

晴雪は書簡の封を解いて、折りたたまれた書状を開く。

そこに並ぶ文字は、確かに陰陽頭であるおじの手で書かれたものだ。

待っていた陰陽寮からの返信に、晴雪は急ぎ目を通す。

内容は、晴雪が報告した件についての返信だった。

しかし、その内容を読み進めてゆくうちに、晴雪の表情は険しくなっていった。

「…………………——なんですと？」

読み終えた瞬間、晴雪はわずかに怒気を孕んだ声でそう口走っていた。

思わず二度、三度と読み返してしまう。

が、書いてあることは何度読んでも変わらない。

『道摩の血脈については、陰陽寮もまるで与《あずか》り知らぬことである』

『帝都での出来事については、すべてお前に任せる。調査も対処も、そちらでどうにかされたし』

意訳すると、内容はこのような感じになっていた。

「……あのじじい、鬼なのではなかろうか」

ぐっ、と晴雪の手に力が籠もり、書状に皺が寄る。

気持ちに任せて破かなかっただけましだった。

叫び出したかったが、ここは人様の邸宅の敷地である。晴雪は心を落ち着かせるように、静かに息を吐き出した。

「よ」

その時、背後から声がして、晴雪は振り返った。

膝丈までの学生服に制帽を被った少年だ。

これは隠形の術によって姿を変えた菊丸である。だが、その顔の美しさは、術を使ったところで変わっていない。

「菊丸。どこに行っていたのですか？」

睨むように目を細めて、晴雪は菊丸に尋ねた。

「ちょっと野暮用だよ」

菊丸はそう言いながら、ふいっ、と視線を逸《そ》らした。

何かを誤魔化そうとしているような素振りだ、と晴雪の目には映った。

「隠しごとをすると為になりませんよ」

「別に言わなくてもいいだろって思っただけだし。隠したわけじゃない」

「じゃあ、どんな野暮用だったのか、話してもいいわけですよね」

「なんでそんなに聞きたがるんだよ」

「あなたが余計な問題行動をしていないか心配だからです」

「はあ、信用されてないんだな、俺……」

「あなたはすでに人間社会で問題になるいくつかの行動をやらかしていますし、私はあいにく慎重派なもので……それで、何を？」

書状を畳んで懐にしまい、晴雪は腕を組んで菊丸に向き直った。

菊丸は地面の小石を蹴って、ぽつりと呟く。

「……飯を食ってたんだ」

「飯？　食事ですか？」

「ああ、そうだよ。それが野暮用」

「それは、人間の食事とは異なるのですよね……？」

晴雪が尋ねると、菊丸は少しバツが悪そうに「ああ」と答えた。

鬼は、人と食べるものが違う。

生き物を喰らう時はあるが、それは肉を喰らっているわけではなく、その生き物に宿る命を喰らっているのだ。人の食事とは、根本的に違う。

菊丸は、元は人間だったという。だが、身体は人間だったのだから人間の食事で事足りるかというと、そういうわけにはいかないのだろう。

鬼に成るということは、人ではなくなるということなのだから……。

最悪の返答を想定し、晴雪は眉間に皺を寄せながら尋ねた。

「……菊丸。あなた、まさか人を喰らったりしていないでしょうね」

こうして話していても、菊丸は鬼だ。

しかも、強力な力を有した鬼である。

強力な力を有する鬼ほど、活動するために多くの霊力を必要とする。そういった鬼が手っ取り早く霊力を補給する食料に選ばれるのが、しばしば人間だった。

「違う違う、俺は人は喰わない！」

晴雪の疑念のまなざしに、菊丸は慌てて否定した。

「気持ち悪くて、喰えるかよ！」

そう叫ぶように否定する菊丸は、心底、嫌がっているようだ。

だが、なおのこと晴雪の疑問は深まる。

式神の鳥で後を追っていた際、思えば菊丸は食事をしていなかった。だから晴雪は、この鬼が何を命の糧にして生きているのかを知らない。

「じゃあ何を喰ってるって言うんですか。何も喰わずにそのバカみたいな霊力を維持できるわけがないでしょうが」

「いや、だから、ほら。あれだよ。昨日の夜みたいなやつ」

〝昨日の夜〟と言われて、晴雪は思い出そうとする。

百鬼夜行に遭遇した。だが、あの時は晴雪が一体残らず調伏した。菊丸が手を出す隙もなかったはずだ。

では、上野公園で百鬼夜行の発生場所を捜していた時だろうか。

別行動をしていた間に、食事を済ませたということかもしれない。

だが、菊丸は今、晴雪も知っているというような口調で話した。ならば、自分が見ていた菊丸の行動の中に答えがあるはず。

ふと、晴雪は思い出した。

菊丸が、晴雪の背後に迫っていた霊に対し、援護してくれたことを……。

「……まさか、霊を咥えていた時ですか？」

思い至り、晴雪は目をぱちくりさせた。

両手で霊を鷲摑みにした菊丸は、口にも霊を咥えていた。

あの時、菊丸のあの行為が、晴雪にはただの攻撃の結果に見えていた。武器として、己の牙を用いたのだと。嚙まれた怨霊がシュウシュウと音を立てて小さくなっていったのも、霊体が菊丸の攻撃で傷つき、その形を維持できなくなったのだと思っていた。

だが、菊丸があのように怨霊を喰っていたのなら、霊力を維持できている説明がつく。

「あなたの食事は、生き物の肉ではなく、霊そのものを喰っているのですね」

晴雪の言葉に、菊丸は「だいたいそんな感じ」と頷いた。

「正確には、霊を喰っているわけでもないんだけどな。霊が余分に蓄えた霊力？　それだけ喰ってる」

「あなたが口から吐き出した怨霊は、確かに無害なほど小さくなっていましたね」

「ああ。俺が喰った分だけ小さくなったんだ」

「そういうことでしたか……しかし、なぜそんなまどろっこしいことを？　霊力を喰えるなら、霊そのものだって喰えますよね？」

人間でいえば、咀嚼《そしゃく》した米を吐き出すようなものではないか、と晴雪は思った。それなら呑み込んだほうが早いし、吐き出すのはもったいないだろう、と。

しかし、菊丸はそうしない理由を教えてくれた。

「山村に、人として住んでた時さ。親父《おやじ》に『採りすぎるな』って言われてたんだ。『山の恵みは採りすぎなければ、また食べられるようになるから』って。だから、鬼になったあとの食事も、そうしてきた。霊そのものは残しておけば、また霊力を蓄えてくるし
……それに……」

「それに？」

「霊ってさ、人間の魂だったりもするだろ？　それを完全に喰うってことは、何年経っ

ても、やっぱり、なんか気になるんだよな」

「変な鬼ですね」

「悪かったな」

「いえ。あなたが普通の鬼でなくてよかったです」

「……晴雪は、落としてから持ち上げるよな」

「何のことでしょう？　私は素直な感想を伝えているだけですが」

素知らぬ顔で答えた晴雪に、菊丸は、ぷく、と頬を膨らませて黙った。

だが、あまり不満げではなさそうだ。むしろ嬉しそうにすら見える。

「なるほど。では、あなたはずっとそうやって怨霊から霊力のみを吸うようにして生きてきた、と」

「そうだよ」

「住処はまちまちだと伺った気がしますが、各地で怨霊を喰って弱体化させていたわけですね」

「ん？　まあ、そういうことになるのかな？」

言われて気づいた、というように菊丸は目を瞬いた。

その様子に、晴雪は思わず呆れとも感心ともつかない苦笑を浮かべる。

(この鬼が帝都に住み着いたことによって、結果的にこの地は護られていたということでしょうね)

鈴子から聞いた、鬼門で門番をする鬼の話を晴雪は思い出す。

無意識の産物ではあるが、菊丸もまた、この地の番をしてくれていたのだ。

──『鬼にもいろいろいるわ。人を憎んでいる鬼もいれば、人を愛している鬼もいる

……だから、一概に嫌わないであげてちょうだいね』

そんな鈴子の言葉を思い出し、晴雪はため息をついた。

(……いなくなっては困る鬼、か)

目の前の鬼を見る。

人間だったとはいえ、今はもう鬼だ。

晴雪にとっては、己の式神でもなければ、まだ出会って間もない相手だ。

だが、この帝都にとっては、必要不可欠な存在なのかもしれない。

そして、それを知っているのは、現状、晴雪ただひとりかもしれないのだった。

「お前の疑問には答えられたか?」

「ええ。安心しました。腹を空《す》かせているのでは、と私も思っていたので」

「へえ。心配してくれたのか?」

「よそ様に迷惑をかけないためにです。人間を襲わずとも、あなたは子爵邸の庭の果樹を食い散らかした前科がありますからね――」

そこまで言って、晴雪ははたと気づいた。

菊丸の食事は、人間の食事とは根本的に異なる。

先ほどは生き物の肉と言ったが、植物のそれ――野菜や果実も同じだ。

だというのに、菊丸はこの庭の果樹を食い散らかした。

「菊丸。庭の果樹の件ですが、あなたが犯人で間違いないのですよね？」

「ああ。食い散らかしたのは、確かに俺だよ」

「あなたの今の話だと、口にせずともよかったのでは。なぜ食したのです？」

「人に戻った気がしたから、かな」

言葉の意図が分からず、晴雪は小首を傾げる。

菊丸は、晴雪の傍らに建つ離れに目をやる。

「人の家に招かれて、そこに住んで。見た目も人間みたいになってさ。俺、もしかして鬼じゃなくなったんじゃないかって思って……」

それから菊丸は、茶庭を眺めるように見遣った。

離れの茶庭は、岩と緑が織りなす山奥の景色の一部を切り取ったような景観をしている。静かでいて、どこか寂しさも含んだその庭を映した菊丸の目が、何かを懐かしむように薄く細められた。

「俺の村は、山の恵みに生かされてたんだ」

菊丸が、庭を見つめたまま言った。

「栗《くり》、柿、梨に、あけび、茱萸《ぐみ》、葡萄《ぶどう》……そういうのを食って、人間だった俺は生きてきた。で、晴雪の家に入れてもらって、その時のことを思い出してさ。ちょうど庭に枇杷がなってたから、食ってみたんだけど」

「美味《おい》しかったですか」

「……いや、あんまり。どんだけ口にしても、味が分かんなかったよ」

振り向き、菊丸は残念そうにそう言った。

泣き笑いにも見えるその表情を見て、晴雪は微かに同情を覚える。

肉体が鬼に成ったせいで、味覚が変わってしまったのだ。

鬼の舌が『美味い』と感じるのは、高い霊力を喰らった時である。そして、人間の時に美味かったものでも、霊力を基準にした味覚では、そう感じられなくなってしまう。

枇杷の実そのものの味は、さほど感じられなかったことだろう。

「勝手に食って悪かった……と思ってる……」

「反省しているのでしたら、私から言うことはもうありませんよ」

子爵には晴雪から正式に謝罪も済ませている。

菊丸が反省するのであれば、特にそれ以上責めることは不要だ。

「……むしろ、私のほうこそ、すみませんでした」

「え？」

「あなたの事情も聞かずに、叱ってしまいました。謝罪します」

晴雪は、菊丸に頭を下げた。

鈴子との会話を思い出したのだ。

表に見える身体は鬼だ……しかし、菊丸の魂は、まだ人間なのではないか。

そう思った瞬間、晴雪の中に申し訳なさが込み上げてきたのである。

「あー……いや、ほら、俺は別に気にしてないから！」

頭を下げた晴雪に、菊丸は慌てて両手を振った。

そして、その気まずい話題を変えたかったのだろう。菊丸は「あっ」と声を上げると、
晴雪の胸を指差して尋ねる。

「そういえば、さっき何か見てたよな？　懐にしまってた」

「え？　ああ。書簡ですよ」

「へえ、どこから？　なんて書いてあったんだ？」

「教えません」

食いついてきた菊丸に、晴雪はにべもなく答えた。

「えー、さっき俺は聞かれたことについて、素直に教えたのに？　晴雪は俺に要求だけして、自分のことは棚に上げるんだなー」

菊丸が、ちらちら、と視線を投げかけてくる。

やれやれ、と晴雪は閉ざしたままでいる予定だった口を割ることにした。

「……先日、陰陽寮に道摩の血脈の話を報告しておいたのですが、それに対する返事ですよ、これは」

「えっ、じゃあ、それもう俺の話じゃん！」

「あなたの話ではありませんが……まあ、関係ないこともないですが」

晴雪は菊丸に、書簡の内容について掻《か》い摘《つま》んで話した。

曰く、『道摩の血脈について、陰陽寮は知らん』、曰く『鬼門を始めとした危機とやらは、帝都担当の晴雪がどうにかしろ』……。

「……陰陽寮って、無能なの？」

話を聞き終えたあと、菊丸はそう遠い目で言った。

鬼だったり、百年以上生きていたりする者からの辛辣な感想に、書簡に対して腹が立っていた晴雪は少し胸が空いた。

「今回ばかりは私もそう思います。こんなんだから表でお取り潰しにあったのでは、とさえ思いますね」

晴雪の愚痴に、菊丸は「言えてる」と笑った。

「っていうか、晴雪の他には帝都に陰陽師っていないんだろ？」

「いないという話です。いたら、私だって頼っているんですが」

「ひどいな、陰陽寮ってところ。ひとりって、すごく大変なのにさ」

菊丸は鼻息荒く言った。

どうやら己の身の上に重なる部分があったようだ。

共感。

それをしてくれる相手がいることで、晴雪も気が紛れた。

「……まあ、ここに来た時よりましですよ」

「そっか。それなら少しはよかったのかな」

「ええ。今は、頼れる鬼とも知り合えましたから」

「なあ、それって――」

「上野公園で、伝説の鬼に会ったのです」

「……え？」

「おかげで鬼門を封じることもできました。またお力をお借りしたいと……菊丸？」

「へー、よかったな。何かあっても、その上野公園の鬼が助けてくれるんだろ？　そいつを頼ればいいいさ」

半目になり、菊丸は早口でまくし立てる。

拗ねているのだな、と晴雪にも分かるようになった。

共に暮らすようになって、まだ七日も経っていない。だが、出会った当初に感じていた嫌悪感は薄れ、代わりに親近感を覚えるようになっていた。

（珍しいこともあるものだな……）

自分のこれまでを顧みて、晴雪はぼんやりと思う。

晴雪は、実のところ、決して人との交流が得意ではない。

そつのないやり取りができるように土御門家で礼儀作法の類は仕込まれているが、相手に心のうちを見せるのは、むしろ苦手だった。関係が深まると、自分について、何をどこまで話していいものか分からなくなるのだ。

だから、周囲の者を煩わせないように、距離を取って生きてきた。

明け透けに物を言えるのも、身の上を知るおじの現陰陽頭だけだ。

帝都に来てから接した人間も何人かいたが、情報を集めるための会話をするばかりで、ここで世話になっている加藤子爵を除けば、お互いに名も素性も明かさぬまま別れた者ばかりである。

鈴子は、少し事情が異なる。

あれは陰陽師であれば名乗らねばならない相手だったし、晴雪の思考はほぼ筒抜けだった。つまり、晴雪が心を開いたわけではないのだ。

それを考えると、晴雪にとって菊丸は、かなり特殊な相手だと言えた。

(最初が、あんな感じだったからでしょうかね)

調伏といえば聞こえはいいが、晴雪は菊丸を殺そうとしたわけである。

相手の事情も知らぬまま、一言も交わさぬまま、闇の中に潜んでその命を討ち取ろうとしたのだ。それが晴雪の中に罪悪感として残っている。しかし、すぐに態度を変えられるほど、晴雪の頭は柔軟ではなかった。

だというのに、菊丸のほうは、対照的だった。

こちらに合わせようと、努めているのが晴雪にも分かる。

そんな菊丸を突き放しているのは、他でもない自分だということも……。

「上野公園のかたは、気軽に頼れるような相手じゃないんですよ」

困ったというように言って、晴雪は離れの縁側に腰かけた。

俯《うつむ》き気味だった菊丸が、上目遣いで窺うような視線を晴雪に向ける。

「……じゃあ、晴雪はまだ帝都でひとりきりなんだ」

「ひとりきりですね。あなたを除けば」

晴雪の発言に、菊丸がぽかんとした。

それから、二度、三度と瞬《まばた》きをしたあと、晴雪をじっと見てから、口元を綻ばせる。

「ふーん。そうなんだ」

どこか嬉しそうに菊丸が頷いた。

何やら得意げが過ぎるようにも見えて腹立たしさも感じるが、晴雪は愛嬌《あいきょう》だと思ってやることにした。そもそもこの見た目なので忘れそうになるが、菊丸は自分の軽く五倍は長く生きている相手である。

彼から見れば晴雪など若造だ、得意げにもなろう。

……そう考えると失礼なことを結構したな、と晴雪は反省した。

人を見た目で判断してはならないと、よくよく知っていたはずだというのに。

だが、簡単に態度を変えられたら苦労しない、ということも同時に知っている。

「あなたには頼ろうと思っていたんですよ」

にやにやしている菊丸に、晴雪はため息交じりに言った。

「じゃあ、何で頼らないんだ？」

「あなた、今日は朝からどこかへ行ってしまって、いなかったじゃないですか」

「う、それは……うん」

「そもそも今日の上野公園だって、昨晩の話の流れから、あなたも一緒に行ってくれるとばかり思っていたんですけどね」

「悪かったな。腹が減って仕方なかったんだよ……」

「ところであなた、食事はどこで行っていたんですか？」

わしわし、とバツが悪そうに頭を掻く菊丸に、晴雪は疑問をぶつけた。

晴雪であれば、食事はもっぱら子爵邸かカフェーである。

だが、菊丸は怨霊の霊力を喰うらしい。

怨霊なら上野公園にもいたので、そこだってよかっただろうに……と晴雪は思ったのだが、菊丸にも考えがあったようだった。

「増上寺だよ。あそこはよく霊たちが集まってくるんだけど、放っておくと増えすぎて食事するどころの量じゃなくなるんだ。だから間引きっていうのかな、適度に喰って減らしておいてる」

「あなた、そんな配慮もしてたんですか……というか、そうですね。あそこも裏鬼門でしたね……」

その事実を思い出し、晴雪は天を仰いだ。

寛永寺の鬼門がそうだったように、増上寺の裏鬼門も封印が緩んでいたのだ。

鬼門のほうを封じて、晴雪はすっかり事が済んだ気になっていた。

「はあ……やはり正直、ひとりでは手も頭も回らない……やることも考えることも多すぎる……これで学校設立だなどとは、とても……」

「俺がいるんじゃやなかったのか？」

縁側に座り込んだまま項垂《うなだ》れた晴雪は、その菊丸の声で顔を上げた。

華奢な少年のような外見とは不釣り合いな、強い眼光を宿した目。今は人の色をしたそれが、晴雪の目とかち合う。

「俺の目的の手助けをしてもらう代わりに、俺もお前の仕事を手伝うって、そういう約束だったただろ」

「それは、まあ……しかし、道摩の血脈の手がかりを摑む件について、私はまるで役に立てていないのですが」

言って、晴雪は苦々しい顔になる。

思い出すと、自分は陰陽師として無能なのでは……という考えが過るからだ。

実は、晴雪はすでに道摩の血脈について、百鬼夜行の発生場所などを特定したのと同じように占術を使い、居場所を探っていた。

ところが、はっきりとした結果がまるで出なかったのだ。

方位磁針が正確な方角を示さなくなるように、晴雪の占術も不正確な結果ばかりを弾き出してしまった。占術の腕には、そこそこ自信のあった晴雪は、この惨状に打ちのめされていた。

場が悪いのでは、とも考えた。

占術を行ったのは、邸宅の鬼門に位置するこの離れだ。だが、鬼門除けの儀式は、ここにやって来た際に済ませてある。占断が上手くいかない理由にはならない。

また、晴雪の調子が影響していたことも考えにくかった。

晴雪は心身共にいつも一定の調子を保っており、それが崩れることはほとんどないからだ。何より、占術は体調が優れていなければ行わないようにしていた。正確な結果が出ないからである。

（他に原因があったのだろうか……）

うーん、と改めて考えてみるも、晴雪には思いつかない。

そもそも、すぐに出てくる答えなら、とっくに出ているはずである。

「別に、俺は気にしてないよ」

縁側に座る晴雪の隣に腰を下ろし、菊丸がまったりとした様子で言った。

「だって俺なんて、百年以上捜してるわけだしさ。そんなにすぐ見つかるなら、こんなに苦労してないって。だから、じっくり付き合ってよ、晴雪」

「そう言ってもらえると、私としてもありがたいです。もちろん付き合いますよ、利害が一致しているのですから」

「晴雪の言い方がつれないのに一々突っ込むのって、無駄なんだろうな」

菊丸が苦笑交じりに言った。

晴雪が菊丸のことを分かってきたように、菊丸も晴雪のことを分かってきたようだ。

「……では、あなたに仕事の手伝いをお願いしましょうか」

「ああ。大船に乗ったつもりで頼っていいぞ」

「増上寺の裏鬼門を封じるまで、あの地の見回りをお願いします」

寛永寺の鬼門が容易《たやす》く封じられたのは、鈴子の存在が大きい。

彼女はまだあの上野公園の裏の世界にいるだろうが、それはあの地が彼女にとって所縁《ゆかり》のある場所だからだ。

加えて、彼女は自分のことを『鬼門の門番』だと言っていた。

鬼門を封じた結果、彼女もあの場から離れられるようになったらしいが、増上寺の裏鬼門を封じるとなると、同じように力を貸してくれるかは分からない。その辺りも、もう一度彼女に会って確かめねばならないだろう。

その間、裏鬼門を菊丸に護ってもらえれば、晴雪としても動きやすい。

「見回りくらい、いいけど……でも、もうやってるようなもんだぞ？」

「継続して行ってください。助かります」

「それだけか？」

「それが、他にも頼みたいことがあるんですよ。いいですか？」

「とりあえず言ってみてよ。内容で判断する」

菊丸が促す。

晴雪は以前より思案していた〝その頼み〟を口にするのだった。

「では菊丸。もうひとつ、あなたに頼みたいことはですね――」

その夜。

子爵邸から供された夕食をとり終えたあと。

晴雪は、ひとり、部屋の文机の前で考え事に耽《ふけ》っていた。

菊丸は増上寺へ、見回り兼食事をしに向かってくれている。彼自身の空腹を満たすためとはいえ、さっそくの働きぶりに晴雪も感心していた。

一方、晴雪は別に、ぼんやりしているというわけではない。

帝都に来てからのこれまでの状況について、頭の中で整理していたのだ。

文机の上に書状を開いたまま置き、その文面を眺めながら、晴雪は時系列順に出来事を思い返す。

(最初は、陰陽寮でおじ上に呼び出されて……)

陰陽師学校を作るために、陰陽寮からひとり、自分はこの帝都に送られた。

学校を作るために、帝都各地の土地の気を見て回った。

帝都は江戸時代に作られた結界により護られていたはずだが、それが綻んでいた。

増上寺にて、呪術によって人から鬼にされた菊丸と出会った。

菊丸を鬼にしたのは、道摩の血脈を名乗る陰陽師たち。そのうちのほとんどは菊丸が手にかけたが、残るひとりはまだ見つかっていない。そのひとりは、血脈の中で最も腕が立ち、泰山府君祭で延命している可能性がある。

百鬼夜行の発生を確認したので、発生場所を特定。鬼門封じが解けかけていたので、その地で出会った鈴子の力を借りて封じ直した。この鬼門封じの解除も道摩の血脈の仕業であるということで、その存在の裏が菊丸以外から取れた。

（以上の点について、陰陽寮に報告を入れたというのに……対応をこちらに丸投げされてしまうとは……）

その丸投げされた返答が、目の前の書状である。

晴雪は頬杖《ほおづえ》をついたまま、はあ、と長いため息をついた。

じっ、と書状を睨むも、その理不尽な内容が変わるはずもない。

「……………おかしい」

しばらく書状を睨みつけていた晴雪は、やがて喉から絞り出すように一言そう呟いた。

晴雪が上げた報告は、ふざけたものでもなく、むしろ深刻さを伝えるものだった。多少は話を盛った部分もあるが、それで対応が無になるものではない。

しかし、現実は陰陽寮の対応が皆無の状態である。

それがおかしいのだ。

陰陽寮の陰陽師である晴雪がいるとはいえ、報告した事象は、たったひとりで対応しきれる問題ではない。何せ、対応次第で都が滅びてしまうような大事なのだ。陰陽寮が総出で対応しても、おかしくはない。むしろすべきだろう。

初手からそこまで大きく動けずとも、先遣で調査に人手を割くはずだ。そしてこの場合、報告を上げた晴雪以上の力ある人員を送るのが筋というものだろう。

そもそも、報告を上げてから返答が戻ってくるまで、時間がかかりすぎている。

帝都を護る重要な結界に生じた、あれほどまでに大きな歪みだ。いくら京都からの距離があるとはいえ、陰陽寮が見逃すわけがないのである。

ではなぜ、陰陽寮は帝都の結界を修復しなかった？

（まさか、おじ上は帝都が狙われていることを知っていた……？）

新政府が、陰陽寮を表舞台から裏へと押し込めたこと。

権限を奪い、都合よく扱っていること。

それを陰陽頭が——土御門家が不本意だと感じていたのなら……。

……否、感じていないわけがない。

裏の世界でいくら努力をしたところで、表の世界で評価されなければ、面白くもないだろう。晴雪だってそうだった。陰陽寮と土御門家の中に、押し込められるようにして生きてきた。それについて承諾はしてきたが、納得しているわけではない。

（おじ上も、現体制に不満を抱いていたなら、帝都に災いが起きることをむしろ望まれていたのでは……）

そこまで考えて、晴雪は頭《かぶり》を振った。

よくない考えに囚《とら》われようとしている気がする。

そもそも、陰陽頭がこの帝都に災いがあると予見していたなら、自分をひとりでこの地へと送るわけがない。

「……いや、口減らしかもしれませんよ？」

晴雪は思わず声に出して己に突っ込んでしまった。

晴雪のような存在は、今の時代に合わないから不要だと、切り捨てようとしたのかもしれない。京の都での鬼や怨霊の調伏仕事の他は、ほぼ陰陽寮に籠もり、土御門家の厄介となって暮らしていた身だ。穀潰《ごくつぶ》しだと判断されたのでは……。

浮かび上がってきた自虐的な考えを晴雪は否定できない。

しかし、それでも陰陽頭を――おじを疑い切ることもできない。

（何か、見落としているのでは……）

睨んでいた書状から顔を上げ、晴雪は目を閉じた。

一旦、頭を切り替えようと思ったのだ。

しばらくそうしていると、不意に思い出す声があった。

――『違和感の残り香を追いなさい』

鈴子が言っていた言葉だ。

違和感を抱いているなら無視するな。己の勘を無視するな。道摩の血脈を捜しているなら、違和感の残り香を追え――そう鈴子は言っていた。

（違和感。勘。残り香……）

記憶の中を揺蕩《たゆた》うように、晴雪は目を閉じたまま、畳の上に寝そべった。

それから、思考を手放してみる。

もしかしたら理性的な思考が、勘の邪魔をしているのではないか、と感じたからだ。

瞑想《めいそう》するように、ゆっくりと呼吸をして、全身の感覚を緩める。やがて、己の呼吸の音が大きく聞こえるようになってきた。

ランプの灯《ともしび》がチリチリと燃える微かな音。

空気も動かぬ室内の静寂の無音。

夜の茶庭に吹く風と葉擦れの音。

……音の次は、匂いを強く感じるようになった。

ランプの石油が燃えている匂い。

畳の匂い。
壁や天井の匂い。
窓の隙間から入り込んできた夜風の匂い。
庭の木々の匂い。水の匂い。
この土地の、霊気の匂い。この部屋の――。
（――うん？　なんだ、今のは）
不意に何か違和感を覚えて、晴雪は眉をひそめる。
何かの匂いだった。
だが、自分は何の匂いに反応した？
雑念に引きずられぬように感覚に集中して、晴雪はそのまま匂いを捜す。
この匂いは、なんだ？
どこから感じた？
以前にも感じた気がする、微かな霊力の匂い。
認識できぬほどの、しかし確かに感じてはいた、ほんの少しの違和感。これは――。
「――分かった」
そう言って、晴雪はパッと目を開けた。

身体を起こして、ぐるりと周囲を見回す。

十分な広さ。

程よい設備や調度品。

よく整えられた清潔感溢れる空間は、陰陽寮の部屋と同じく畳の和室。

邸内の鬼門である以外は、文句のつけようのない部屋……。

「……この離れ全体が、違和感の正体か」

鬼門に当たる北東に位置している――そのことに気を取られていた。

だが、晴雪はもっと重要な点を見落としていた。


――なぜこんなにも〝陰陽師が隠れ住むのに都合のいい部屋があるのか〟という点だ。


庭園の中、屏風のような竹藪によって周囲から隠された、茶室のような離れ。

母屋から隔離されている一角だというのに、まるで人が暮らすことを想定したように、生活に必要な設備が揃っている。

霊符を作るのにちょうどいい文机。集中できる、静かな空間。

外には、呪術に使う清澄な水をすぐに汲《く》める井戸もある。

陰陽寮の陰陽師で、帝都に派遣されたのは、晴雪が初めてのはずだ。そのように聞いている。

だというのに、こんなにも条件がいい部屋を用意された。

それだけなら、客間としてたまたまそういう造りだった、ということもあるだろう。

けれど、最後に感じた微かな霊力の匂い……。

あれは、陰陽師や修験者など、術者特有の匂いだ。

裏の世界に出入りした者には、あちらの気が自身の霊力に混じってしまう。

晴雪はこの部屋に来た時に、認識できぬほどの微量の香りを感じ取っていたらしい。

今、それが認識できたのだった。

(……もしや、ここに道摩の血脈がいた?)

晴雪は、その場で正座になり、考える。

加藤子爵は、土御門家と懇意にしている華族だ。

だから、陰陽寮が未だ存続していることも知っていた。

しかしそもそも、陰陽師が陰陽師を名乗れなくなったこの大正において、それと繋がりがある人間は珍しい。となると、土御門家以外の陰陽師とも懇意にしている可能性がある。

(子爵と道摩の血脈の関係が分かればいいのだが……無理だろうな)

晴雪は、文机の上に並べた式盤などの占術道具に目をやる。

だが、これらを用いて占ったところで、はっきりした結果は出ないだろうと思った。

道摩の血脈についての卜占は、どういうわけか上手くいかない。相手の人物像についての、情報がほとんどないせいだろう。

陰陽師の扱う占いは、統計学的な占術であって降霊術などではない。

そのため、情報はあればあるほど占い結果も正確になる。道摩の血脈については、この逆の状態になっているのだ。

「……仕方ない。子爵に、直接聞いてみましょう」

晴雪は決意し、立ち上がった。

夜分にはまだ少し早い。これから伺っても、さほど失礼にはならないだろう。

そう判断し、晴雪は子爵のいる母屋の洋館へと向かうことにした。


母屋に向かった晴雪は、初めてこの邸宅にやって来た時と同じ客間へと通された。

椅子に座り待っていると、やがて加藤子爵がやって来た。

まだ休む時間には早いらしく、昼によく見かけるスーツ姿のままだ。

「これは安倍様、珍しいですね。どうされました？」

気のいい笑顔の子爵は、テーブルを挟み、晴雪と対面するように腰を下ろす。

「突然の訪問、恐れ入ります。少々、子爵に伺いたいことがございまして」

「私に……？　答えられることだといいのですが、どのようなことでしょう？」

きょとんとする子爵に、晴雪はさっそく切り出す。

「単刀直入に伺います。子爵は、道摩の血脈という名をご存じありませんか？」

「どう、ま……？」

「ええ。聞き覚えがあるかどうかだけでも――」

晴雪は、そこで子爵の様子がおかしいことに気づいた。

子爵の身体が、小刻みに震えていた。

顔は笑顔のままだが、目は見開かれ、その瞳孔も開き切っている。

「子爵」

そう呼びかけた瞬間。

晴雪は対面している相手から強烈な霊力の匂いが溢れるのを感じた。

（これは——）

とっさに指で刀印を結び、叫ぶ。

「三跋羅《サムハラ》！」

爆風からすら身を護るという防御の呪文。

それを唱えたと同時に、前方から衝撃が走り、晴雪の身体が椅子ごと吹き飛んだ。

壁に叩きつけられて、床に落ちる。

パラパラ、と剝がれ落ちた壁が、晴雪の上に降りかかった。

「くっ……」

防御の呪文をしてなお、全身が痛みで軋《きし》む。だが無抵抗だったならば、全身の骨が折れていたであろう。

晴雪は、その痛みを堪えながら、状況を把握していた。

粉々になったテーブルの向こうに、ゆらりと加藤子爵が立っている。

（鬼……？）

晴雪は土煙が舞う視界にその姿を見た。

髪の色は赤く染まり、目の色は白と黒とが反転している。額には、二本の角が生えていた。

「子爵、あなた――」

晴雪は呼びかけようとしてやめた。

グルル、と野犬のような低い唸り声が返ってくるだけだったからだ。

(霊力の匂いが完全に変わってしまっている。だが、なぜ？　どうやって？　一体、何が起きた？)

晴雪は状況を把握すべく思考を回した。

子爵は、鬼と化していた。

先ほどまでは確かに人だった。

だが、変化は霊力の匂いが教えてくれている。

変化のきっかけは――名前だっただろうか。

道摩の血脈の、その名が、子爵にすでに施されていた呪術を発動させたように晴雪には見えた。恐らく、『道摩の血脈』を口にする者が現れた際に発動するよう、術が仕掛けられていたのだろう。

その呪術は、いつ施された？

子爵には何度か会ったが、晴雪は何も感じなかった。直近に施されていたのであれば、術者の残り香で気づいたはずだ。

では、晴雪がこの邸宅の離れに住む以前から、とっくに施されていたのだろうか。なぜ。何のために。敵はこうなることを……道摩の血脈を調べようとする陰陽師の存在を予見していた？

否、どのような経緯で子爵が鬼になったかは、今は考えている場合ではない。

この目の前の鬼と、どう戦うかが問題だ。

(一旦逃げる……という選択は、させてくれないようですね)

晴雪は周囲に気を巡らせて、内心ため息をついた。

どうやらここは、裏の世界らしい。

しかも、周囲から切り離されたように閉じた空間である。さらに、どういうわけかその出入り口が見当たらない。

晴雪は、この客間だけの狭い空間に、いつの間にか閉じ込められてしまっていた。

(ずいぶんと用意周到なことだ)

緊迫した状況ながら、晴雪は思わず感心してしまう。

まるで一度足を踏み入れたら抜け出せぬ、陣の中にでも招き入れられたようだった。

(威力の高い呪文は、詠唱に時間がかかりすぎる。この距離では難しい……)

……まずは時間を稼がねば。

晴雪は素知らぬ顔で指で刀印を結び、手元で素早く五芒星を描く。

「バン　ウン　タラク　キリク　アク」

口の中でささやき、呪力を増強。

続けざま、別の呪文を唱える。

「聖観音に帰命し奉る《オン・アロリキャ》。我に力を与え給え《・ソワカ》」

結界を形成する真言の呪文。

吹き飛ばされた際に懐から取り出していた霊符が、それに反応し、晴雪を包む光の壁を生み出す。

（——っ、間に合った！）

そう晴雪が思った瞬間、赤髪の鬼が眼前に迫ってきた。

ギンッ、と硬質な音をさせて、鬼の鉤爪が光の壁に弾き返される。

晴雪はそれを横目に、もう一枚の霊符を使う。

すでに日没後だ。夜に力を増す鬼と渡り合うために、晴雪には刻の力が必要だった。

「夜の守護者・月天に帰命し奉る《ノウマク・サマンダ》。我に夜を統べる力を与えたまえ《ボダナン・センダラヤ・ソワカ》」

晴雪の霊力が増したことで、先に形成した光の結界が厚みを増した。

鬼が憤怒《ふんぬ》の形相で襲いかかってくるが、結界がそれを阻み、晴雪を護る。

（だが、このままでは持たない）

鬼の力が鎮まる朝はまだ遠い。

それだけでなく、目の前の鬼は子爵――つまり人から成ったものだ。菊丸のように、朝日など意にも介さぬ可能性が高かった。

（……急いては事を仕損じるとは言うが、そのとおりですね）

子爵のもとを訪れる前に十分に警戒すべきだった、と晴雪は反省する。

自分が訪れる前から呪術が罠のように張り巡らされていた可能性について、すっかり失念していた。

（さて、どうしたものか……）

結界を破ろうと何度も攻撃を繰り返す鬼を前に、晴雪は霊符の残数を確かめる。

攻撃は何手か可能だ。だが、己を護る結界の補強を優先せねばならない。結界が破られた瞬間に、自分は肉塊になってしまうことだろう。

となると、攻撃の呪術の発動に、呪力増強の霊符を割くのは惜しい。

しかし、このまま防戦一方では消耗戦になり、いずれ押し切られてしまう。何せ相手は疲れ知らずの鬼なのだから。

（せめて、この場に菊丸がいてくれたら……）

弱った時には、誰かに頼りたくなるのだろうか。

組織の助力に期待することはあれど、特定の誰かを思い描くことは、晴雪には珍しいことだった。

ひとりで、何とかできる。

ひとりでも、何とかできる。

そう思っていたのだが、存外、事はそう簡単にはいかないらしい。帝都にやって来てからというもの、思い返せばそんな風に感じることばかりだった。

（……とはいえ、この状況。私ひとりで、どうにかせねばならないわけです）

ひとりでも、何とかできるのだ——力を制御さえしなければ。

そう晴雪が腹を括《くく》った瞬間だった。

パキン、と薄氷が砕けるような音がした。

晴雪の耳がその音を拾った時には、目の前にあった子爵の身体が吹き飛んでいた。

あとに見えるは、金色の髪をなびかせた小柄な後ろ姿。

「大丈夫か、晴雪！」

「……菊丸。よく来てくれました」

はは、と晴雪の口から思わず笑いが零れた。

援軍の到着で、どうやら安堵《あんど》したらしい。

「だって、晴雪が頼んだんだろう？」

「それはそうですが……」

確かに頼んだ。

今日、離れの茶庭で話したあの時に、だ。

──『もし私がどこかに閉じ込められたりしたら、助けに来てもらえますか』

菊丸と戦った時、単独では呪文を唱えるまでに時間を稼ぐことが難しいと、晴雪は実感していた。もし結界などで狭い空間に閉じ込められ至近距離での戦いを強いられた場合、晴雪のような陰陽師は不利だ。

逃げることすらできねば、最悪、死ぬ。

道摩の血脈が、どのような攻撃を仕掛けてくるか分からない以上、不利な状況とその対処について考えておく必要があると思った。

だから、菊丸に頼んでおいたのだ。助けてくれるようにと。

「……あの判断だけは、遅きに失せず済んだわけだ」

呟く晴雪の視線の先、菊丸に吹き飛ばされた子爵が、ゆらり、と立ち上がる。

それを脇目に、菊丸が小首を傾げる。

「？　他は遅きに失したのか？」

「まあ、少々……」

余裕を見せる菊丸に、晴雪の頬にも笑みが浮かんだ。

どうやらこの戦い、苦しいばかりではないらしい。

「……では菊丸。さっそくですみませんが、時を稼いでください」

「任せろ」

その宣言どおり、菊丸は敵を押さえ込んだ。

兎《うさぎ》が跳ぶように素早く身を捌《さば》き、相手の攻撃を躱《かわ》し、生じた隙に反撃する。

間断ない攻めに、相手は手も足も出ず、晴雪に近づくことができない。

晴雪はそれを脇目に、長い呪文を唱える。

一撃で終えるための強力な祓霊《ふつれい》の呪文だ。

「太陰化生《たいいんかせい》　水位之精《すいいしせい》
虚危上應《きょきじょうおう》　龜蛇合形《きだごうぎょう》
周行六合《しゅうこうりくごう》　威懾萬靈《いせつばんれい》……」

やがて華奢な身体ながら、菊丸は鞭《むち》のようにしなる蹴りで鬼を吹き飛ばした。

その瞬間、晴雪の呪文の詠唱が終わる。

「——善星皆来《ぜんせいかいらい》、悪星退散《あくせいたいさん》。急急如律令！」

起き上がろうとした鬼に向かって、晴雪は攻撃に使える霊符のすべてを放った。

目を焼く太陽のような眩い光が、鬼を丸ごと包み込む。

やがて光が小さくなり……あとには、鬼が倒れていた。

否、髪の色が黒に戻っている。

「……晴雪。こいつ、鬼じゃなくなったか？　匂いが変わった」

「ええ。もしやと思い、攻撃は攻撃でも、相手を殺傷しない呪術を使いました」

「もしやって？」

「操られているのでは、と思いまして」

加藤子爵の姿は、確かに鬼だった。

だが、人間の匂いがかなり残っていたのだ。

菊丸は人間から作られたというが、匂いは鬼そのものだ。人間の匂いはほとんど感じられない。だから、子爵は完全に鬼へと変わってしまったわけではないのでは、と晴雪は直感的に感じたのである。

その信じた直感は、正しかったようだ。

「ふーん。じゃあ、人間のままなんだな」

「ええ、恐らく。少し様子を見ておきましょうか」

「そうだな。まあ、暴れたらまた俺が――」

子爵の様子を窺っていた菊丸が、そこで言葉を途切れさせた。

空気が張り詰める。

「――くさい」

菊丸が呟いた。

細い肩が、震えている。

「晴雪……俺、こいつの匂い、知ってる。こいつだ……こいつが……」

菊丸の息が荒くなる。

晴雪も、すぐに状況を察する。

ただの人間の匂いでもない。鬼の匂いでもない。

陰陽師のような、術者特有の霊力の匂いがする。

「こいつが、道摩の血脈だ！」

菊丸の身体から、怒りが迸《ほとばし》った。

晴雪が止める間もなく、菊丸は子爵だった者の頭を狙い、鋭い鉤爪を振り下ろした。

次の瞬間、血しぶきが舞い、人の身体が壁に叩きつけられる。

だが、壁からずり落ちたのは、子爵ではない。

血を流し吹き飛んでいたのは、あろうことか菊丸のほうだった。

「菊丸っ！」

晴雪は菊丸のもとへ駆け寄る。

抱き留めると、ぬるりとした温かい血が、晴雪の手を濡《ぬ》らした。

意識はない。だが、呼吸はある。

晴雪は急ぎ治癒の術をかける。

「一二三四《ひふみよ》　五六七八《いむなや》　九十《ここのたり》　布瑠部《ふるべ》　由良由良止《ゆらゆらと》　布瑠部《ふるべ》」

自然治癒力を高める術だ。鬼の回復力なら、人よりも早くよくなるだろう。

晴雪は菊丸を横たわらせ、立ち上がった。

振り返ると、加藤子爵であり鬼であった者が、今まで何事もなかったかのように、そこに立っている。

その血の気がない白い顔には、不気味な薄い笑みが浮かんでいた。

「……お前は、誰だ」

怒気を孕んだ声で晴雪が問う。

すると、その男はくつくつと笑い始めた。

そうして笑いやむと、途端に男は無表情になった。

静かに淡々と、しかしよく通る声で男は答える。

「俺こそが、道摩の血脈。名を道現《どうげん》という。お前たちが捜していた相手だよ」

道現と名乗った男の言葉に、晴雪は片眉を上げた。

「私たちがあなたを捜していたこと、知っていたのですか」

「ああ。知っていたし、待っていた。占っていたからね」

「……なるほど。そういうことですか」

「反応、薄いな。もう少し驚いて欲しかったんだが」

「驚くも何も……ずいぶん臆病だなとは思いましたけど」

晴雪の言葉に、道現は眉をぴくりとさせた。

「臆病？　慎重だと言ってくれよ」

「ええ、そうですね。私も見習わねばと思いましたよ。そこはね……それ以外が最悪ですが」

「最悪？　どこが？　お前をここに閉じ込めたこと？　子爵を一時的に鬼にして操ったこと？　それとも、その鬼をぶちのめしたことか？」

「そこに、もうふたつ。真実なら足してもらえますか？」

「ふたつだと？」

首を傾げる道現に、晴雪は静かに答える。

「ひとつ。人間を鬼に強制的に作り替えたことがあるか。

ふたつ。帝都の人々を鬼にしようとしているか」

晴雪が尋ねると、道現は嬉しそうな顔になった。

「ああ、どちらも真実だ。だが、おかしいな……それらは『最悪』ではなく、『最高』だろう？」

愉快そうに話す道現に、晴雪は冷ややかな目を向け続ける。

人の魂を生贄に捧げ、強力な鬼を生み出す。

……これを最高だと言える神経が、晴雪には理解できない。

「たびたび大火を起こし、江戸の結界を歪めたのも、あなたがたの仕業でしょうか」

「ああ、我らが起こした。直接ではなくとも、術を駆使し策を講じて……この地の人間を鬼にするためには、江戸の結界が邪魔だったからな」

晴雪の問いに、にたり、と道現は笑って答えた。

想定していた話とはいえ、その身勝手な計略に奪われたたくさんの命のことを思い、晴雪は思わず目を瞑《つぶ》る。

「なぜ人を鬼にしようなどと考えたか、とは聞かないのか？」

道現にそう言われて、晴雪は目を開いた。眉間に皺を寄せる。

それは道現自身が語りたいことだったのだろう。彼は晴雪の答えを待たず、勝手に話し始めた。

「これより数十年ののち、鬼の襲来により我らの国土は蹂躪《じゅうりん》される」

「……何の話です」

「我ら道摩の血脈がこの国の未来を占った結果だ」

「鬼の襲来？　鬼は、あなたたちが作ろうとしているのでしょう？」

「いいや。そうではない。我らは、鬼の襲来に対抗すべく、備えとして鬼の兵を作ろうとしているのだ。我らの式神となるに相応しい、刃となり盾となる、強い鬼をな……そうして、我らが崇拝する蘆屋道満様こそが最高の陰陽師だと、世に知らしめるのだ」

道現の話を聞きながら、晴雪は鈴子との話を思い出す。

彼女が推測したとおりだ。

道摩の血脈は、歪んだ思想の集団のようである。蘆屋道満の名を口にしながら、その偉大な術師の思想とは似ても似つかぬ理念を掲げているようだ。

「道現とやら。あなたの言い分ですと、道摩の血脈は、この国を護るために人を鬼にしようとしているのですよね？」

「ああ、そのとおりだが」

なぜそんな当たり前のことを聞くのか、というように道現は答えた。

その答えに呆れた晴雪は、ため息をつきながら言う。

「馬鹿なのでしょうか。いえ、馬鹿なのでしょうね」

「何だと……？」

「あなた、間違っていますよ。国というのは、民がいて成り立っているものです。そこに土があっても、民がいなければ国とはいえない。あなたがたの備えとやらは、この国から民を減らす愚策ですよ。この国を、鬼の国にでもするつもりですか？　道満の名を穢《けが》すな」

晴雪は一息にそう言い切った。

道現が唇をわなわなとさせて反論しようとする。

「っ、お前に何が分かる！」

「分かりませんよ。ただ、自分が分かっていない人間だと、あなたよりも分かっているだけです」

「な……」

「菊丸のことは、なぜ放っておいたのです」

言葉を失っている道現に、晴雪は続けざまに尋ねた。

今のうちに、洗いざらい吐いてもらおうと思ったのだ。

「菊丸？　……ああ、その金色のか。それは、不完全な鬼だったからな」

道端の石ころでも眺めるような目で、道現は興味なさげに言った。

「不完全？」

「完全に鬼に成りきっていないのだ。我らが求める鬼は、殺しても死なぬ、死をも恐れぬ、不死の鬼。だが、あれは殺せば死ぬ、半端な鬼だ。だから不要だった。それだけだ」

「それだけ……それだけですか」

「ああ。そうだ」

「人の命を勝手にもてあそんでおいて、それだけ」

「そいつに俺の仲間は殺されたんだぞ？　被害を受けたんだ」

「報いを受けたの間違いでしょう。あなたは、まだですが」

「俺は受けぬよ。この身体は借りものの器でしかない。意識を飛ばしているだけで、身体は別の安全な場所にあるからな。殺されたところで、この子爵が死ぬだけだ」

「なるほど。仕組みを解説いただき、恐れ入ります。では、意識と身体を引き離せばいいわけですね」

「は？　何を――」

「幽世の大神、憐れみ給い恵み給え。急急如律令」

晴雪が唱えると、場の空気が変わった。

道現が顔を青ざめさせる。

「おい……何をやった？　どうなってる？　くそっ、なぜこの身体から出られない!?」

「縁を司る神に、あなたの本当の身体と意識を切り離していただきました」

道現の意識が悪さをしているのだ。ならば、意識を逃げぬようにして直接攻撃すればいい。そう考えたことを晴雪は淡々と告げる。

その説明に、道現は「は？」と間の抜けた声を上げた。

「い、いや……そもそもお前、攻めの霊符はさっき使い果たしたはずだろう!?」

「ええ。そうですね」

「なぜ霊符なしにこんな高度な術が使える？　お前は一体――」

道現の言葉が、そこで途切れる。

晴雪を見て、彼は目を見開いていた。

かつて晴雪は、菊丸に隠形の術について説明した。一定以上の霊力を使うと、髪や瞳の色は元に戻ってしまう、と。

——それは、晴雪も同じだ。

「お前、まさか鬼だったのか……？」

道現が、信じられないものを見ているように言った。

白銀の髪を自身の霊圧でなびかせながら、晴雪は苦笑を浮かべる。

「いいえ。狐《きつね》の血が少々濃いだけですよ」

「狐だと……？」

「ええ。九尾の狐をご存じですか」

中国殷《いん》王朝の妲己《だっき》。西周の褒姒《ほうじ》。

天竺《てんじく》マガダ国の華陽《かよう》夫人。

そして平安の玉藻前《たまものまえ》。

「それらの傾国の女は、すべて同じ金毛白面九尾の狐でした。九尾の狐は、人心を惑わし、世の太平を乱す悪しき妖魅と言われています。しかし、本来は瑞獣《ずいじゅう》——天から遣わされた神の獣なのです。

ああ、安倍晴明はご存じですよね？　彼には、瑞獣としての狐の血が入っていました。人間から見た、本来の〝異人〟です。晴明は、ただの人間ではなかった。半分、人ではなかった。だから、人より霊力の匂いに敏感に反応でき、人知だけでは起こし得ない奇跡を起こせたのです」

ひとり語り続ける晴雪の話を、道現は黙って聞いていた。

だが、話すごとに濃くなる晴雪の霊力に、とうとう後ずさる。その拍子に躓き、情けなく尻餅をついた。

「お、お前……一体、何の話をしてるんだ……？」

地べたに座りこんだまま怯える道現に、晴雪はにっこりと微笑む。

余裕に満ちていた道現の顔は、今や見る影もない。

「あなたは、己の意識の器に他人の身体を使う。そして私の身体は、安倍晴明の魂の器として作られた、と……そういう話です」

安倍晴明は、その異人としての能力と陰陽術の儀式によって、命を流転させる術を身につけた。つまり、それが彼の伝説のひとつ。蘇りの真相だ。

しかし魂は晴明のままでも、肉体はそうはいかない。

だから、いつ晴明が復活してもいいように、その時代ごとに魂の受け皿となる〝器〟が用意されているのだ。

そして晴雪は、そのひとつだった。

「嘘だろう？　そんなことが可能なわけが……」

「延命したり、鬼を作ったりしている陰陽師が、今さら疑いますか？」

晴雪は道現を見下ろし、口の端を上げた。

蘆屋道満は、恐らく晴明とは別の、命の式を書き換える術を——肉体そのものの寿命を延ばす術を——泰山府君祭に見出《みいだ》したのだろう。

けれど、それは人が人で無くなる、人の理《ことわり》を踏み外した術。

……きっと道満は使わなかったろう、と晴雪は思った。

道満は晴明とは異なり、あくまで人間だった。人間のまま、晴明に勝つことに拘る男だった。それを、晴雪の一部が——晴明の形をした部分が知っていた。

「不可能ではない、か……だが、そんな重要な話を、俺に教えてもいいのか？」

道現が、晴雪を見上げて微笑む。

だが、頬は引きつり、声は震えていた。

これから自分がどうなるか、すでに理解しているのだ。

「ええ。問題ありません。この術は、晴明の他には誰にも成し得ないものですし……」

答えた晴雪は、ゆったりとした足取りで、道現に歩み寄った。

そうして見下ろし、ささやくように告げる。

「……あなたの記憶も意識も、ここで消し飛びますから」

「い、嫌だ……そんな………嫌だぁ！」

髪を掻きむしり、道現が叫ぶ。

子爵の身体から抜け出そうとしているのだろう。

だが、その繋がりはすでに切られている。

晴雪は焦ることなく、道現の意識を滅するための呪文を朗々と唱える。

「不空《オン》なる御方《アボキャ》よ　毘盧遮那仏《ベイロシャノウ》よ　宝珠《マニ》よ　蓮華《ハンドマ》よ
偉大《マ》なる印を有する御方《カボダラ》よ
光明《ジンバラ》を　放ち給え《ハリバリタヤ　ウン》——」

「や、やめ……」

「——急急如律令」

天から一本の矢の如《ごと》く降り注いだその光が、道現の額を鋭く射貫《いぬ》いた。


「……い……おい………ゆき……晴雪…………——大丈夫か!?」

その声に、晴雪は目を開けた。

菊丸の顔が目の前にあった。

「…………………………ええ。問題ありません」

「よ、よかったぁ……」

へにゃ、と菊丸はその場にへたり込んだ。

「なんか強そうな呪文を唱えたあとぶっ倒れたから、死んだかと」

「いえ、ちょっと急激に霊力を使いすぎただけです。普段は霊符を使ったり、先に術式の準備をしたりして、あまり一気に使わないようにしてるんですが……慣れないことはするもんじゃありませんね」

「いや、慣れないことっていう倒れ方じゃなかったけど……」

「あなたこそ、大丈夫なのですか？」

「ああ。晴雪が術をかけてくれたし、俺の身体は鬼だしな。頑丈なもんだよ、そこは鬼になってよかったところかな」

言って、菊丸は胸を叩いてみせた。

出血も止まっているようだ。

「それならよかったです」

「あいつも、生きてるみたいだ」

菊丸が顔を向けて示した場所には、子爵が倒れていた。

寝息を立てているらしく、呼吸に合わせて身体が動いている。

「道現の意識だけを滅するようにしましたので……子爵は元に戻るかと」

「操られてただけなのかな？」

「どうでしょう。それは追々というか……表の世界に戻ってからでも聞いてみましょう」

晴雪は、身体を起こして立ち上がった。

少しふらつくが、もう大丈夫なようだ。髪の色も、白から黒に戻りかけている。休めば完全に黒になるだろう。

「しかし、あなた、よくここに入ってこられましたね」

菊丸がこじ開けた空間の穴を前に、晴雪は肩を竦めた。

「結界ならともかく、裏の世界です。入り口を見つけるのは、難しかったのでは？」

一見、力技だったように見えるが、それだけで入り込めるほど、表裏の世界の境界は曖昧ではない。結界における鬼門のような泣き所を見つけたり、晴雪が寛永寺の裏世界に入った時のような呪術的な切り替えが必要だったりする。

「屋敷の周囲に呪物があったから、とりあえずそれを破壊してみたんだ」

不思議に思っていた晴雪に、菊丸はあっけらかんと答えた。

簡単なことのように菊丸は言うが、一握りの砂粒の中からそこに紛れた塩の粒を捜すようなものだ。

「とりあえずって……いや、よく呪物に気づきましたね。それも勘ですか?」

菊丸の勘は、何度も当たっている。

晴雪はそれのおかげかと思ったのだが、菊丸は「いいや」と首を横に振った。

「晴雪のところに住んで三日の間、周りの確認をしてただろ。その時と様子が違っていたから、呪物だって気づいたんだよ」

「ああ、なるほど……それで……」

晴雪は、菊丸が『寝床を選ぶ時は安全を確かめている』と言っていたのを思い出した。

その姿から忘れそうになるが、菊丸の寿命は百年以上だ。つまり、百年以上もの間、生き残ってきたということだ。

……自分に足りない慎重さだ。

晴雪は違和感に気づけなかったことを自省しつつ、子爵の傍らへと向かった。

子爵の身体に、道現の気配がないか、しっかりと確かめる。

「――うん。問題なさそうですね。菊丸、子爵を連れて、ここから出ましょう……

「……菊丸？」

　返事がないことを不思議に思い、晴雪は振り返った。

　菊丸は、何やら居心地が悪そうにしていた。

「あの。どうかしましたか？」

「いや、その…………晴雪は、俺の記憶と意識も消すのかなって、思って」

「……なぜ？」

「秘密の話だったんだろ、お前が……その……器だとか何とかって」

「ああ。聞いていたのですか」

「全部……聞いていた……」

　正直に話す菊丸に、晴雪は苦笑する。

　それから、彼の警戒を解くように、肩を竦めてみせた。

「消しませんって」

「……本当に？」

「さっきも言いましたけど、これは知ったところで再現できる術ではないのです。そして、もうひとつ。あなたには、別に知られても問題ありません」

「なんで問題ないんだ。大事な秘密なんだろ？」

「そうですね。あなたは、私の――」

そこまで言って、晴雪は一旦言葉を切った。

なんだか気恥ずかしくなったからだ。

だが、続く言葉を待っている菊丸に、諦めて口を割る。

「――仲間、だからでしょうかね」

終章　鬼と陰陽師のゆくえ

晴雪と菊丸は、表の世界に戻った。

裏の世界から担ぎ出した加藤子爵は、客間の長椅子《ソファ》で休ませた。

しばらくして目を覚ました子爵は、鬼に成っていた時や、身体を乗っ取られていた間のことをうっすらと覚えていた。彼は晴雪に「申し訳ありませんでした……」と震えながら詫《わ》びた。

呪術で身体を好き勝手にされた事実は、子爵の心を深く傷つけたことだろう。不要な影響を避けるために、晴雪は子爵に安息の術をかけ、心を落ち着かせた。

晴雪に関する秘密も、念のため、その時に子爵の中から忘却させた。

一晩が経ち、晴雪の住む離れに子爵がやって来た。

襲ってしまった詫びと助けてくれた礼、そして情報を晴雪に伝えるために。

「あの道現という男のことです」

加藤子爵はそう切り出して話し始めた。

邸宅では、かつて道現を離れに住まわせていたことがあるらしい。

子爵の祖父の代のこと、国から廃止され職を名乗れなくなった陰陽師を憐れに思い、匿《かくま》ってやっていたのだという。

そして、あの離れの客室は、その際に茶室を改装したものらしい。

道現は家督が祖父から父に譲られた際に、子爵邸を出ていったようだ。「父の代に替わり、人の出入りが増えたからでは」と子爵は言った。

「私の代になり、父の代ほど人が出入りすることはなくなりました。ですから安倍様を離れに……と考えたのです。幽霊の噂もありましたから、信頼できる筋の陰陽師のかたに住んでいただくのがよいのでは、というこちらも思惑もありまして……」

離れに幽霊が出るとの噂が出始めたのは、現子爵が家督を継いだ頃からだという。

その話に、子爵邸を出ていったはずの道現がたびたび戻ってきていたのでは、と晴雪は思った。霊力の残り香が消え切っていなかったのは、そのせいだろう。さすがに数十年前の匂いでは消えているはずだ。恐らく、人があまり入らぬ隠れ場所として、当代の離れの環境は何かと都合がよかったに違いない。

道摩の血脈については、子爵もその名すら初耳だという。

そのため、いつ術をかけられたのかも分からないらしい。

もしかしたら顔を合わせたことのある幼少期には、すでに何かしら施されていたのかもしれない。「祖父も、恐らく道現が悪さをするとは思っていなかったことでしょう」と子爵はため息交じりに言った。

「子爵。私のほうで邸宅に道現が何か仕掛けていないか、改めて調査いたします。その際は、ご協力いただけますか」

晴雪がそう提案すると、子爵は大いに喜んだ。

それから子爵は「ぜひ今後もこちらへ住んでください」と晴雪に言った。

道現がどのようにして子爵邸に入り込んだのか……それが何となく透けて見えるような気がして、晴雪は子爵に「あまり陰陽師と名乗る者を信用してはなりませんよ」と釘《くぎ》を刺したのだった。

子爵の体調を一日様子見して、翌日。

晴雪はひとり、外出用の鞄を手に東京駅へとやって来た。

煉瓦造りの三階建ての東京駅駅舎、その乗車口である南ドームに入ると、そこで帝都に来た日と同じく縮地術を使う。

そうして晴雪は、京都の裏世界にある陰陽寮へと戻り着いた。

何用かといえば、此度の一件について、陰陽頭と話し合うためである。

事前に式神の鳥を飛ばし知らせておいたこともあって、陰陽頭への謁見はすぐに叶《かな》った。陰陽寮の中枢に当たる広間に通されると、すでに白髪白髭の陰陽頭が上段の間に座して、笑顔で晴雪を待っていた。

「晴雪よ。帝都でのお勤め、ご苦労」

「ええ。ひと月も経っていないというのに、大変な苦労でした」

「あー、陰陽師学校の計画は――」

「これで順風満帆に進んでいたらびっくりですよね」

にこりともしない晴雪に、陰陽頭の笑顔も引きつる。

「晴雪……そう怒るな」

「怒ってはおりませんよ。なぜまったくご支援くださらなかったか、解せないだけで」

帝都へ派遣される際、陰陽頭からわざわざ言質を取っておいたのは、こうなった時のためだった。なのに……と晴雪は思ってしまうのだ。

陰陽寮が人員不足なのは分かっている。

だが、情報なり呪術道具なり、それ以外の助力を与えてくれてもよかったはずではないか。そんな風に憤ってしまうのだ。

深呼吸をして、晴雪は心を鎮めた。

同時に、長年の間、誤魔化すようにして抑え込んでいた虚《むな》しさが、胸の奥から湧き上がってくる。

「……私は安倍晴明の入れ物でしかない。それ以上ではないと、分かっています」

安倍晴明は、歴史上で何度か蘇っている。

それは完全な真実でもなければ、まったくの嘘というわけでもない。

入れ物として用意された肉体に、安倍晴明の魂が転移した――それが蘇りの仕組みというわけだ。

その器は、肉体も霊力も、陰陽寮の――否、裏の土御門家による特別製だ。

晴雪は、その器のひとつだった。

目の前のおじとは血の繋がりもないし、儀式で生み出された晴雪には両親もいない。

「……器は、もう不要になったということでしょうか？」

「なぜそうなる？」

「ただでさえ嫌々、帝都に単身で送られているのに、その土地に大きな問題があって、助けを乞うても応じられない……不信感も抱こうというものでは？」

「それについては謝罪しよう。すまなかった」

陰陽頭は、そう言うなり晴雪に頭を下げた。

その行為に、晴雪はぎょっとした。

非難はしたものの、謝罪されるなど思ってもいなかったし、おじに頭を下げられたのは生まれてこのかた初めてだったからだ。

「お、おやめください、おじ上。人に見られたらどう思われるか……それに私は謝罪ではなく、帝都での活動にご支援が欲しくてですね……」

「晴雪が許すまで、やめぬ。決してやめぬ」

「許します、許しましたから！」

晴雪が必死に訴えると、陰陽頭は、ちら、と窺うように顔を上げた。

それから、何事もなかったように座り直す。

その変わり身の早さを前に、狸爺《たぬきじじい》、と喉元まで出かかった言葉を晴雪が呑み込んだ時だった。

「帝都の結界の修復は、こちらで何とかしよう。それから道摩の血脈についてだが、こちらも道現のほかに残党がいないか、怪しい動きがないか、一度、国全体の調査を行うことにする」

「え…………………………は？」

「うん？　どうした？」

「……その。よろしいのですか？」

「なに、陰陽寮として当然のことだろう」

「当然では、あるのですが。その……対応を避けていたのには、何か理由でもあるのかと思っていたもので……」

目を逸らして言う晴雪に、やれやれ、と陰陽頭は首を横に振った。

「晴雪、お前、何やら勘違いをしておるようだな。そうだな……たとえばわしが政府に対して不満を抱き、その結果、帝都の結界の異常を知っていて無視した……などと考えていたのではないか？」

ぴたりと言い当てられて、晴雪は目を瞬いた。

「それは…………違うのですか？」

「ふむ……お前にはやはり、まだまだ経験が足りぬようじゃな」

「あの、お言葉ですが、それはどういう意味でしょう？」

やれやれ、と頭を振られて、晴雪は渋い顔のまま尋ねる。

困惑する晴雪の様子に、陰陽頭は事実を明かした。

「書簡は、確かにわしが書いたもの。だが、わしの考えと書き記したことは別だった」

「一体なぜ、そんなことを――」

そこまで言いかけて、晴雪はふと思い出す。

道現は、晴雪がやって来る時を予見して、そのために呪術の罠を用意していた。占ったのだ、と……。

「……知られぬように？」

晴雪の言葉に、陰陽頭は「さよう」と頷いた。

「道摩の血脈とやらは、占術や透視に関して、なかなか腕がよいようでな。それゆえ透視を恐れて書簡にも記せなかったのだ。帝都に人員を割く場合、こちらの防御が手薄になる。やつらの性質を考えれば、陰陽寮を襲ってもおかしくはなかったからな」

「はあ、そういうことでしたか……」

「納得してもらえたか？」

「理解はしましたが、納得はしておりません。結局、援軍はなかったわけですから、遺憾であることには変わりありませんよ」

取りつく島もなし、というように晴雪は素っ気なく答える。

すると、それまで申し訳なさそうにしていた陰陽頭が、すっと目を細めた。

「……なんですか、おじ上。その目は？」

「ひとりではなかったのだろう？　味方がいたはずだ」

「なぜ、そうお考えに？」

晴雪は素知らぬ顔で尋ねた。

（……なぜバレたのか）

菊丸の同行については、報告書には一切記していない。

面倒なことになるのが目に見えていたからだ。こういった尋問すら受けたくなかったので、菊丸個人のことには触れず、『道摩の血脈とやらが帝都の人間を鬼にしようとしている』くらいにぼかして報告しておいた。

菊丸の霊力の匂いだって、大してついていないはずだ。狐の嗅覚を持つ晴雪が分からなければ、おじのような純粋な人間には分かるわけがない。

「やはり、まだまだじゃな……」

「あの、話が見えないのですが？」

「お前、自分の匂いだと分からんか」

「自分の匂い？」

くん、と晴雪は己の手首の匂いを嗅ぐ。もちろん身体のではなく霊力の匂いを、だ。

そこで、ようやく気づいた。

自分の霊力の匂いが、わずかに変わっていることに。

「これは……菊丸の……？」

「気が合ったようじゃのう」

陰陽頭は洒落《しゃれ》を交えてそう言った。

晴雪と菊丸は、霊力の相性がよかったのだろう。

生活を共にしているうちに、互いの気――霊力が混じり合っていたらしい。己の霊力の一部になっているので、晴雪もまったく気づかなかった。

「……咎めますか」

「鬼を調伏せず、式神にもせず、あまつさえ共に暮らしていたことか？　それとも報告せずに黙っていたことか？」

「…………いずれも、です」

叱られるのを覚悟し、晴雪は居住まいを正した。

だが、そこにかけられたのは、思っていたような厳しい言葉ではなかった。

「我が一族のために、お前は長らく耐えてきた。そして、わしらはこれからもお前に役目を強いるだろう。そんなお前に心許せる者がいるならば、それが鬼でも、わしは構わんよ。それに、鬼にもいろいろいるしな」

陰陽頭はそう言って、柔らかな微笑みを浮かべた。

それにつられるようにして、晴雪の表情も穏やかになった。

そして、思い出す。

帝都で出会った、鬼の少年のことを。

「おじ上……私は正直、帝都のことなど、どうでもよかったのです」

穏やかな表情のまま、晴雪はおじに心のうちを明かした。

今まで、のらりくらりと躱して、決して見せることはなかった部分を。

「与えられた仕事をこなす。定められた義務を果たす。生まれた意味をまっとうする。それが私の、土御門晴雪の、成すべきことだと思ってきたからです……ですが、あなたは私に、外の世界を見せようとしてくれました」

なぜ自分がひとりで帝都に送られたのか、晴雪にはもう分かっていたのだ。

今より前の時代の〝安倍晴明の器〟という存在は、土御門家の奥深くで、箱に入れられるような座敷牢での暮らしを余儀なくされていたという。だが、陰陽寮が表向き廃止されその権威が弱まったことで、器は以前ほど厳格に管理されずともよくなった。

陰陽寮も、土御門家も、陰陽師という職すらも……何もかもが移り変わる時代の流れの中で、〝器〟は曖昧な存在になろうとしていた。

おじは、そんな器に、新たな人生を考えさせようとしてくれたのだろう。

「はて。そこまで考えておったかな」

「とぼけるなら、とぼけるで結構ですよ。結果的に、私は帝都へ行き、そして器である以外の人生について考えることができたわけですから」

「ほう……して、その考えはまとまったのか？」

「ええ」

晴雪は、帝都で過ごした時間を思い出す。

そうして、未来のことを考える。

「私は、帝都を護る一助になりたいと思うのです」

これより帝都はさらに発展する。

光が強くなれば、対照的に影も濃くなる。

そして世界は、表と裏とで成り立っている。

その表と裏の世界の均衡が崩れぬよう、陰陽師という存在が必要だった。

晴雪は、帝都でそれを実感した。だから、学校を作るこの計画に、己の意思で尽力したいと思ったのだ。

この国を護るために必要なのは、人を犠牲にして鬼を作ることではない。

「ですから、お力をお貸しください。おじ上……いえ、陰陽頭」

晴雪は決意の眼差しを陰陽頭に向けたあと、深々と美しい座礼をした。

〝安倍晴明の器〟ではなく〝土御門晴雪〟として。


陰陽寮で一晩英気を養った晴雪は、翌日の晩、東京へと戻った。

陰陽頭からは大量の呪術道具を持たされた。あとでまた式神を使い、送り届けてくれるという。それはよかったのだが――。

「……菊丸。どうしたのですか？」

子爵邸離れに帰り着いた晴雪は、目の前の光景に困惑して尋ねた。

部屋の真ん中で、菊丸が土下座をしていたからだ。

晴雪のほうはすっかり黒髪に戻っていたが、菊丸のほうは隠形の術が解けてしまっていた。平気そうにしていたが、戦いの負傷が軽くなかった証拠だ。

晴雪は陰陽寮に戻る間、菊丸を上野公園に行かせていた。

そこで鈴子の手を借りて、消耗した霊力を回復してもらっていたのだ。

そのため、こうして顔を合わせるのは昨日、晴雪が東京駅へと向かう前、上野公園の裏世界に彼を送っていって以来である。

やはり具合が悪いのだろうか……そう晴雪が心配して腰を落とした時だった。

「……晴雪。ありがとう」

頭を下げたまま、菊丸はそう言った。

それから彼は、パッと顔を上げる。

菊丸は、泣きそうな顔になっていた。

否、泣いた。

ぽろぽろと、紅い瞳から涙が零れ落ちる。

その姿を前に、晴雪は混乱した。

「あ、あの……ですから一体どうしたというのです？　帰ってきたばかりで、私には何がなんだか……訳を言いなさい、訳を」

「道摩の血脈、最後のやつ、倒してくれただろ」

ぐす、と洟《はな》をすすりながら、菊丸はそう言った。

言われて、晴雪は思い至った。

（ああ、そうか……あの道現は、菊丸が百年以上捜していた……）

その怨敵を、晴雪が倒した。

正確には、道現の身体はまだ生きていることだろう。晴雪が殺したのは、あくまで子爵の身体を乗っ取って現れた、道現の〝意識〟だけだからだ。

だが、意識が消えれば、それはもう死んだようなものともいえる。

そして菊丸は、それを道現の死と捉えたのだろう。

それゆえの、『ありがとう』だったようだ。

「……というか、私がやっちゃってよかったんでしょうかね？」

「いいよ。俺なんて無様に一撃で倒されたし」

「あれは、あなたが力を発揮できる戦局ではなかっただけでしょう」

「やっぱり、やるなら闇討ちだよな……」

しみじみと頷きながら、菊丸は物騒なことを言った。

とはいえ、言っていることは理にかなっている。

小柄で華奢な菊丸だ。いくら霊力の強い鬼とはいえ、正面からのぶつかり合いでは、一瞬の油断が命取りになってしまう。その一瞬が生じたのが、道現の意識が子爵の身体を乗っ取った瞬間だった。

しかし、あれは相手が相手だ。

家族と故郷の仇を前にして冷静でいられなかっただろう気持ちは、晴雪にも理解できる。

「でも、あなたが来てくれなかったら、私も倒れていました」

「そうか？　あの力を最初から使ってたら、俺なしでも平気だったんじゃ……」

「いいえ。力を解放する時機を見誤ってしまった時点で、遅かれ早かれやられていたでしょうね。ですから、菊丸……こちらこそ、ありがとうございました」

晴雪はその場で正座し、菊丸に向かって礼をした。

鬼だからと距離を取り、これまで言えなかった言葉だ。

と、晴雪は顔を上げて、気づく。

菊丸が顔を赤くしていた。

「……まさか、照れているのですか？」

「し、仕方ないだろ。晴雪から礼なんて言われると思ってなかったんだから」

「まあ、私も言うようになると思っていませんでしたしね」

自分の変化に、晴雪は思わず笑ってしまった。

おじが言っていたことを思い出す。気が合った、とはこういうことなのだろう。

陰陽道では五行説——木・火・土・金《ごん》・水の、五つの元素の相関関係が、物事の基盤として重要視される。

この相関関係のうち〝相生《そうしょう》〟と呼ばれる関係性がある。

木から火が、火から土が、土から金が、金から水が、水から木が生じるように、相手を生じ、助長する関係のことだ。

自分たちは、お互いにこの相生の相手だったのだろう。ここまでを思い返して、晴雪はそう実感する。

そして同時に、お互いのこれからのことを考えた。

「菊丸。あなたは人間に戻りたいですか？」

尋ねると、菊丸はキョトンとした。

それから眉根を寄せ、腕を組み、「うーん」と唸る。

「そうだなぁ……人間の感覚を取り戻したいって思うことはあるよ。握り飯を食った時の味とか、果実の甘さとかを、もう一回感じたいって……」

その時の感覚を思い出そうとしているのだろう。

瞼を閉じて、鼻先を持ち上げて、菊丸は懐かしむように言う。

「でも、今さら人間に戻ったところで、俺はひとりなんだよ。家族も、生まれ故郷の村も、俺を知る村の人も、人間だった俺を知ってる人は、もういない……」

そこまで言って、菊丸は目を開けた。

その紅い瞳は、晴雪をまっすぐに見つめている。

「けど、晴雪は俺のことを知っているだろ？　だから、当分は鬼のままでいいかな」

にっ、と菊丸が笑った。

哀愁などなかったかのように、明るい口調で話す。

「それに、お前、術を発動させるまで時間かかるだろ？　俺がいたほうが戦いやすいと思うし……っていうか、やっぱりお前の式神になればいいんじゃないか？」

「式神になるのは、お勧めしません」

楽しそうに話していた菊丸のその提案に対し、晴雪は即、断った。

「なんでだよ……」

しゅん、と菊丸が意気消沈する。

菊丸がなぜそんな反応をするのか、晴雪には理由が分かっていた。

ひとりきりの菊丸には、これまで居場所がなかった。だからこそ菊丸は、晴雪の式神になれば、永遠にこの居場所にいられると考えたのだろう。

「菊丸」

悲しげに目を伏せた菊丸に、晴雪は優しく語りかける。

「式神になると、あなたは自由でいられなくなる。あなたは私の命に従わなければならなくなるし、人間に戻る方法を見つけたところで、二度と戻れなくなる……何より、私があなたを縛りつけたくないのですよ」

自由がどれだけ大事か、それを与えられた晴雪は知っている。

そして、これからも時は止まることなく進み、時代もどんどん変わってゆく。

西から東へ都は場所を変え、その都も江戸から帝都へ名を変えた。街も、西洋の影響を受けて、その姿を変え続けている。

晴雪の、変わらないと思っていた生きる意味。それも、この半月ばかりで変わった。

菊丸の怨敵を殺すという願いは百年以上も変わらなかったが、ついにその願いが叶ったことで、彼の人生も変わろうとしている。

だからこそ、菊丸が今後どのような選択でもできるように、縛っておきたくはない。

それが晴雪の考えだった。

自分のそばが、今たとえ菊丸の求める居場所であったとしても、だ。

「ですから、今後もあなたは自分の意思で力を貸してくださいな。仲間として――」

そこまで言いかけて、晴雪はもっと適切な言葉があったことを思い出した。

晴雪は、手を差し出す。

月下の帝都、森の中で出会ったあの時、菊丸のほうが手を差し出してくれたことを思い出しながら、その言葉を伝える。

「――私の相棒として」

おずおずと晴雪のほうに伸びてくるのは、相変わらず人ならざる者の手だ。

恐ろしく、穢らわしいとすら思っていたというのに、今では頼もしく思えるから不思議である。それは、きっとこの手が、晴雪に教えてくれたからだろう。

この帝都で、自分がひとりきりではないこと。

そして、新しく変われることを。

……菊丸が、力強く晴雪の手を握り返した。

あとがき

中学生の頃、「小説を書こう！」と思い立った私がまず行ったのは、世界の地図や年表を作ることでした。年表は世界の始まりから数千年分を作ろうとしていたので、書き出しても冒頭だけが膨らみ、結果、物語は未完のまま頓挫してしまいました。

それが、私の小説執筆のはじまりです。

物事には、こんな風に、歴史やはじまりがあります。

本作『大正陰陽師』は、既刊『陰陽師学園』（二巻まで発売）に登場する学園のはじまりの物語です。学園が誰の手で作られたのか、その頃にどんなことがあったのか……など既刊では描けなかった〝歴史の始まり〟を描かせていただきました。

舞台が今からおよそ百年前ということで、当時の大正時代について知る必要があり、さらに百歳超えの登場人物もいるということで、それ以前の江戸時代についても現代と照らし合わせて調べることになりました。大正時代は十五年しかなく、平成の三十年、昭和の六十二年と比べるとかなり短いのですが、目まぐるしく世の中が変化する時代だったようで、どこか令和の現在と似ている気がします。変わってゆく世界の中で、晴雪と菊丸の二人がどう生きていくのか、これから読まれる方はぜひ見守ってください。

マイナビ出版ファン文庫様と、担当の山田さん。既刊のスピンオフ的作品を発表する稀有《けう》な機会、そして今作でもたくさんのサポートをくださり、大変感謝しております。

装画担当の京一先生。既刊からのイメージをさらに膨らませてくださったキャラクターデザインと装画、本当に素晴らしかったです。特に菊丸はひとめぼれでした！

装幀担当のAFTERGLOW様。『学園』と『大正』がひと綴りの世界になるような装いにしていただき、非常にありがたかったです。

その他の関係者の皆様。本書の刊行と流通に携わっていただき御礼申し上げます。

そして最後に、読者の皆様。お手に取ってくださり、誠にありがとうございます。

あとがきは物語の終わりにあるものですが、先に読まれる方もいらっしゃるかと思い、そのようなつもりで書いております。同様に『学園』は『大正』のあとの時代の物語ですが、どちらを先に読んでいただいてもいいように書きました。両シリーズ、併せて楽しんでいただけると嬉しいです。

そして願わくば、また本作に連なる次の物語でお会いできますように。

三萩せんや

この物語はフィクションです。
実在の人物、団体等とは一切関係がありません。
本作は、書き下ろしです。

三萩せんや先生へのファンレターの宛先

〒101-0003　東京都千代田区一ツ橋2-6-3　一ツ橋ビル2F
マイナビ出版　ファン文庫編集部
「三萩せんや先生」係

ファン文庫

大正陰陽師
～屍鬼の少年と百年の復讐～

2023年8月20日　初版第1刷発行

著　者　三萩せんや
発行者　角竹輝紀
編　集　山田香織（株式会社マイナビ出版）
発行所　株式会社マイナビ出版
〒101-0003　東京都千代田区一ツ橋2丁目6番3号　一ツ橋ビル2F
TEL　0480-38-6872（注文専用ダイヤル）
TEL　03-3556-2731（販売部）
TEL　03-3556-2735（編集部）
URL　https://book.mynavi.jp/

イラスト　京一
装　幀　AFTERGLOW
フォーマット　ベイブリッジ・スタジオ
DTP　富宗治
校　正　株式会社鷗来堂
印刷・製本　中央精版印刷株式会社

 ISBN978-4-8399-8318-5
Printed in Japan

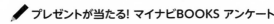

ファン文庫

陰陽師学園

おちこぼれと鬼の邂逅

学園のおちこぼれが立派な陰陽師
になるために奮闘する学園ファンタジー！

陰陽師の素質を持つ子どもたちが集う学園に入学することになった灯里。彼を待ち受けていたのは――最強の陰陽師による特訓だった!?

著者／三萩せんや
イラスト／京一

Fan
ファン文庫

帝都吸血鬼夜話
少女伯爵と婿入り吸血鬼

腕利き吸血鬼・紫蜂と
男勝りな少女・紅蝶の明治吸血鬼浪漫譚

時は明治。突如、人間や吸血鬼を無差別に襲う吸血鬼の変種『羅刹鬼』が現れる。羅刹鬼に対抗すべく強面吸血鬼は男勝りな少女伯爵と政略結婚することに——!?

著者／片瀬由良
イラスト／條